暴民新聞

二〇一五全國台灣文學營創作獎得獎作品集

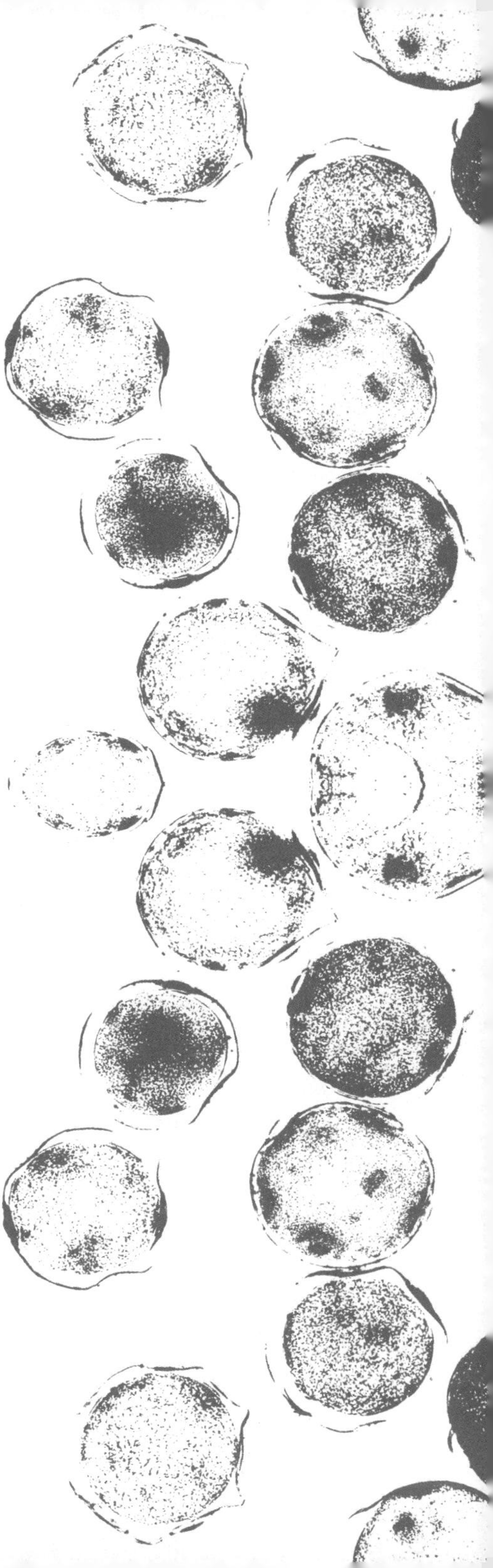

目次

—小說類—

—散文類—

新詩類

小說類

首獎

暴民新聞

李牧耘

我大學學長，老除，是一位沒沒無聞的攝影師，多年來堅持拍攝廢礦場、岩石、樹木、男孩這一類題材，畫面中常透著一些明淨的灰與淡藍色。我一直惦記老除，主要是我對他又敬又恨，敬是敬他的才華，恨是恨他接手我的前女友。那個姓孫的姑娘非常美，高中時與我交往過一年，她升上我那間大專後，全校男青年便興起文藝情懷，成天出入圖書館研究如何寫情詩，導致鄭愁予與席慕蓉二位詩人的書必須排隊到下學年。文學院的教授目睹此情此景，非常興奮，誤以為這是現代詩學的復興，其實不然，因為姓孫的每天回女生宿舍，估計收到的上百封信裡，有一半是「朋友啊，那不是花瓣／是我凋零的心」，另一半則是「我不是歸人，是個過客」，她每天的例行事務，是從這些情詩中挑出錯字，然後留著當隔天小考的計算紙。久而久之，這些男青年的心都凋零了，也算是達成最初的心願，最終只有老除獲得她的青睞，成為一棵開花的樹。

我必須承認，老除每回聯繫我，我的心思都很傷感，我實在不懂姓孫的為什麼和他在一塊，他為了參與社會運動，大學休學兩年、延畢到六年級，畢業後還是個月薪三萬的化學反應爐工人。老除這週末聯絡我時，我正在雜誌社的員工宿舍煮飯，晚餐是公司前輩要吃的蔬菜咖哩，當我瞧著湯汁慢慢暖成橘色，電話就響了。老除在話筒裡很生氣，因為春天時有民眾攻占立法院，他認為我們雜誌不該片面拍攝社運人士的負面舉止。

「那是白先生拍的。」我反駁。

「寫內文的你更無恥嘛。」老除罵。

「學長，」我安撫他：「你冷靜一下，我是調進來支援的，現在這個是寫完掛別人名字。我每次撰稿，都會被白先生退回三遍以上。我心中有一把尺，編輯部也有一把尺，我只是在這兩把尺裡面找尋一個不讓自己噁心的妥協點，我大可以說不幹了就直接離職，但我才妥協三個月而已，拿履歷去外面還不夠看，至少讓我再無恥一年吧？」

像老除這樣擁有豐富社運經歷的人並不少，可是會致電向我抗議的人，也只有他那麼一個，但這絕不代表老除比較義憤填膺，而是買雜誌的人不多。就發行方針來說，這是某社團法人發行的月刊雜誌，自然具有一定程度政治傾向，平常會買它來翻看的人，與其說是閱讀，不如說是忍受。我很納悶，它憑什麼年年掙錢？也許是它在業界占有某種娛樂指標性，譬如，探討兩性與性愛的版面。半個月前，我正是撰寫這類文案的人。

雖說是文案，不過也只是從外國網站尋找新鮮事，然後再將它翻譯、潤飾成文章，那陣子雜誌賣最紅火的一期包含我所寫的「為女性口交的新革命」，令我羞愧到恨不得從新生高架橋縱身跳下摔死在八德路上。我很感激白先生能將我從地獄救出來，可惜，政治線也只是另一個地獄。我們雜誌社跑政治線的有兩位記者，分別是徐先生和白先生，徐先生流年不順，前些日子闖下大麻煩，因為他在某場慶功酒會裡喝茫了，帶一位爛醉如泥的女記者回家「新革命」，短時間內沒臉也沒自由來公司，導致工作吃重的白先生對我伸出了魔掌。

白先生頭髮花白，身形高瘦，是我大學時期的一位講師。當初我們新聞系學會辦報，他在我分配到的藝文版擔當指導員，大家都對這位講學嚴謹但缺乏幽默感的白先生敬而遠之，只有我跟他關係不壞，這必須歸咎於我們都不喝酒。白先生閃酒的技術非常高明，與人喝酒時常趁空隙把酒水吐到毛巾上，再誘使訪談對象向他酒後吐真言，真是一條老狐狸。有次我們到石碇採訪一位雕塑家，那雕塑家傾畢生於微雕藝術，還在自家頂樓改建一座乏人問津的展覽館，他為了迎接我們到來，興高采烈地擺下一桌金門高粱。那訪問從早到晚，我和白先生都把毛巾用完了，雕塑家還捨不得我們走，因為我們是展覽館三個月來唯一的訪客，他醉醺醺地跟我握手，用濃得化不開的鄉音說：「你們真是懂藝術的人啊。」結果白先生很虛偽地跟他打了哈哈。

白先生不曾娶妻生子，是一隻寂寞的老狐狸。我作為他的學生，自從調到政治線支援後，除了時常被退稿，還得照料他午晚兩餐，導致我心底很鬱悶，要不是老除特意打電話罵我，我的熱誠只會日漸低落。老除從學生時期就很熱衷社會運動，他說，生在這世上，他不想像蟲子一樣生活，即使他深深明白，最後他還是會像蟲子一樣生活，他仍希望自己在最年少時，那些美麗的、像胚芽一樣的想法能被保存下來。我第一次被老除拉去龍山寺遊行那年，我大二，他大五，他在警察組成方陣的大街上對我說：「你一定要記住自己身為新聞人的初衷啊。」那天，我差點被他感動了，即使最後並沒有。

事實上，老除打電話來罵我是別有盤算的，他得知白先生近日正要專訪某位遊走兩岸、捍衛資本家的立委，想要隨伺在旁，好獲取社運團體對政府談判有利的第一手消息。那位立委貌似姓郭（鍋），不過也有人說他姓盤，我跟白先生為了方便稱呼，都尊稱他一聲「姓餐具的」。

姓餐具的，是這段時期政治圈頗受熱議的立委。他愛台灣，所以必須從對岸撈他們王八蛋的錢；同時，他又是最致力維護兩岸和平的人，為了維護和平，必須阻止有人用跟他不同的方式愛台灣。在社運組織攻占立法院的日子裡，他不斷上節目、上電台鼓吹人民反對衝撞政府的暴民。姑且不論姓餐具的是否曾經開貨車衝撞過法院、開轎車衝撞過百姓，他在各式媒體上的熱烈呼籲，確實感動、啟發、甄陶了成千上萬的群眾穿白衣上街遊行，和立法院四周穿黑衣的人們形成鮮明的對比。白先生說，社會這麼亂，讓雜誌變得好掙錢啊。

老除從立法院翻牆出來和我會面那天，白先生很不高興，他開車載我從台大醫院轉入封路區，沿途中人潮逐漸湧現，我們下車那地方，剛好有位女講師站在臨時搭起的講台上演說，她那髮髻梳得一絲不苟，好比她講話一樣硬淨，不過這都跟白先生所要採訪的時事無關，他鑽入人群，逕自邁開步伐向前走去，我長嘆一聲，只好摸摸鼻子跟上。老除和幾個朋友站在交通島上吸菸，白先生沒有搭理他，他訕笑幾聲，緊跟在我後頭說：「議會現在沒事，不過剛才姓餐具的助理開宣傳車硬闖大門，這讓現場的學生群情激憤，所以駐警隊又增援了。」

「老除，」我很擔憂地問：「你工作呢？」

「辭了，」老除說：「我上週末搭火車上來一次，回雲林就把工作辭了，之後會長時間跟學生待在一塊。我年終啊，剛領了四個月的薪水，我要專心幫助那些後生。反正你知道嘛，我現在回雲林那兒，整天也只是顧反應爐，聞什麼甲烷啊、丙烷啊、硫酸催化劑之類的，我才不想就這樣終老一生，所以辭了。」

「上台北都在忙攝影嗎？」我接過他的菸盒。

「拍呀，拍了快兩百張，看不看？」

「那你日後的出版計畫該怎麼辦？」

「我不知道，」他說：「現在不是想這個的時候，我年紀不小了，又是從三流大學畢業的，演講或表態不是我能挺身而出的事，我唯一能做的就是拍照，拍照是現在最要緊的，一定得有人把這些終將消失的歷史時刻留存下去。」

「你覺得姓孫的還會跟你多久？」

「最短也有一輩子吧。」

「你好樂觀啊。」我吞雲。

「是你太悲觀。」他吐霧。

姓孫的現在讀大三了，我問老除，她也在會場吧？他說她決定休學，等明後年打算陪他去南部開一間攝影工作室。我很嫉妒，把老除扔在街上，獨自鑽回白先生同業朋友的SNG車。我進車子，他們正在吃便當、盯著控制牆上的製播設備聊天，我看不懂那些密密麻麻的控制鈕，但我發現牆上有小號螢幕，我問，怎麼鬧哄哄的，現場發生什麼事？駕駛員小陳說：「姓餐具的立委正被一批警察保護著，打算闖進議會奪回墨寶，就是最近炒很紅的那幅張大千的《潑墨荷花》，價值快三千萬，現在張大千正被一群學生挾持在手上。」

「他們關心的只是市價三千萬吧。」我表示。

「你看，」白先生指著螢幕說：「現在鏡頭拍到一個女孩子，她顧著《潑墨荷花》躲在門口用桌椅堆高的防禦工事上，保安總隊怕被告，不敢攀上去押她下來，只是立委助理在那邊叫囂，情勢一觸即發，裡面就有學生威脅說，他們還綁架別的國畫。」情勢會變得如此緊繃的原因是，警方傳話過程出現錯誤，一個駐警轉頭跟後面的助理說，他們還挾持陳子和的

《芭蕉》和黃君璧的《仕女》；助理再轉頭跟後面的警官說，他們竟然挾持了芭蕉和仕女；警官非常惶恐，連忙轉頭向姓餐具的報告，他們偷了一串香蕉，還挾持四名女性。

此話一出，鎮暴警察紛紛趕上議場，用藍盾牌把四周通路團團圍住。我聽了白先生的解釋，很好奇地擠進原本就有三人的後座，白先生皺眉讓開位置。我看電視，越看越納悶，這女的就是那個姓孫的，她從我生活消失許多年了，我脫口告訴車內的人：「媽的，這女生是我高中交往的前女友啊。」小陳很不識相地質疑：「就憑你那副慫樣？」

我惱怒極了，從小陳頭上摘下他的鴨舌帽，弄亂他用髮蠟抓的頭髮，小陳原本也要抓回來，結果白先生站起身，煩悶地捻熄菸屁股，吩咐我趕快準備進立法院拍攝獨家了。此時，車廂側門開了，是老除，他面無血色地站著看我說，他媽的，姓孫的被警察包圍了。我面色鐵青地問：「你為什麼讓她待在裡面？」

「是你自己說不要見到她的。」老除說。

姓孫的是我高中二年級認識的一個姑娘。我十六七歲那年，她正要從國中畢業，她很漂亮，胸部也發育得早，我想誘拐她上床，但最終沒能得逞，因為她未成年。我在峨嵋街上的冰果店遇見她，邀她一塊去玩保齡球，我們第三次去保齡球館，她不慎扔出一記洗溝球，豈知那球體意外擦撞門板，所有木瓶都倒了，她身後的人們紛紛發出難以置信的歡呼與吼叫聲。我們走在西門町入夜的街上，她被警察包圍，因為我們剛好混進了「倒扁運動」途經的人龍裡，警察把我們當成了聚眾滋事的暴民。我跟姓孫的說，我不關心政治，政治只會製造出一些骯髒的東西，我希望我們一直停留在最純潔的時候。

當年我陪姓孫的去基測考場，她告訴我，考高中的第二天午休，我在資源回收場親吻她耳根，她差點禁不住叫了出聲。她說，環顧四周，都是水管與幫浦運作的機械音，那種午後的安靜，是連狗吠聽來都會讓人感到寬慰的，不曉得為什麼，她忽然感覺非常寂寞，儘管讓我把臉埋在身上，她還是非常寂寞。姓孫的最後一回待在我家，心情很好，跑去菜市場買酪梨和小番茄回來，用咖哩粉熱鍋爆香洋蔥與蒜末，最後才倒入切丁的蔬果快炒。我坐在餐桌前邊咀嚼邊說，好吃歸好吃，可是很怪。秋天她考上一間很爛的高中，從此我再也沒有見過她。

當初我們躺在床上，我想親遍姓孫的全身，然後為她口交，但她只褪下衣裙讓我觀賞她白皙的身體。我以為我再也見不到她了，然而老除卻把她帶過來，我很痛苦自己沒有像老除那樣，有某種能夠一直堅定的信仰。我從新聞系畢業，但白先生帶我看見這工作的醜惡，以前我認為，我們是製造媒體的人才，事實上我沒有能耐製造什麼，反而是媒體在製造我們。

人群都湧入立法院了，我原本想趁隙問老除，你當年怎麼經手姓孫的？我問不出口，只是跑著，白先生掏出了證件讓駐警隊檢查，老除則喊我快走。我們進入議會前，身邊傳來一些咕噥聲，說防禦工事被推倒了，《潑墨荷花》和女學生一起摔到地上，警察忙著拖離會場中手拉手靜坐的抗議群眾。「快看那邊，」小陳對我喊說：「他們出來了，姓餐具的要出來了。」

「怎麼辦？我們約好專訪的時間要到了？」

「你跟上去，」白先生指示：「先把現場的說話錄音一下。」

記者們扛著攝影機和單眼相機圍上，老除則按住我肩膀說，他一定要過去看他女朋友，我制止他，告訴他警察們正忙著清場，現在是誰都不會放行的。白先生就朝我冷笑說：「你放他進去啊，待會就會有更多新聞。」姓餐具的立委先出來了，是一個配著玳瑁色眼鏡的男人，身穿質感很好的寶藍色西裝，身邊跟著兩三位助理。姓餐具的在報紙和新聞上那張憂國憂民的臉，如今正掛著優越而沉著的笑容、環視記者和抗議群眾說話，好像是在宣示說，他成功地勸退女暴民，為國家救回了張大師的文化財富。然而，在姓孫的狀況不明的情況下，老除還是在人群中發出了大喊：「姓餐具的，閉上你的狗嘴！」

「老除，」我攔著他：「冷靜點。」

「你搞清楚再行動。」白先生扯住他，陰著臉說。老除氣勢洶洶，撥開白先生和身旁的記者，跨大步到人群跟前，其中一個警察伸出警棍表示：「先生，冷靜下來，否則我要押你出去了。」但老除一箭步搶走警棍，警察仁兄也被他推倒在地。姓餐具的原本打算往後退，但他還是被老除逮住了袖口。在老除用警棍狠狠砸在姓餐具的身上前，其餘駐警都撲上去制止他，我想要救老除，於是慌忙撥開人群說：「警察打人啊！」可惜我說的話已經沒有效果了，群眾非常興奮，尤其記者們都像水濺進了熱鍋的油裡。白先生冷靜地舉起相機走上去，在議會大門一張張拍下警察與老除各種角度的扭打示意圖。聽見各種相機的喀嚓聲，我覺得他們都瘋了，他們已經不是製造新聞的人，只是新聞製造的人。但是在駐警隊用鎮暴盾牌壓制老除前，我看見他笑了，笑容中充滿了欣慰。

我知道，他日後再也不是沒沒無聞的攝影師了。

得獎感言

這是我頭一回參加全國台灣文學營，能得獎當然甚好，證明我書沒有白讀，報名費沒有白繳。這篇小說只有短短五千字，但我寫得頗為坎坷，除了書寫時刻意迴避政治因素外，主要是動筆那幾天剛巧碰上颱風，全台有超過百萬戶斷電，而我家就是百萬戶斷電的其中一戶，我枯坐桌前，什麼也寫不出來，還因為斷電時吃了生雞蛋拌泡麵，連續腹瀉兩天。這是一篇跑了二十次廁所才完成的小說，希望我有生之年不要再腹瀉了。

李牧耘

一九九一年盛夏生，二十歲後開始認真寫作，才發現為時已晚。曾獲青年超新星文學獎、金車現代詩網路徵文獎、中央大學金筆獎。

小說類

佳作

趙氏孤兒們

姚宗祺

一、左丘明

瞽叟左丘明摸索案頭，感受著竹簡冰涼的觸感和堅韌的纖維，魯成公八年時的世界在他指下延展開來。左丘明一面在黑暗中書寫著，一面回想起父親——前任史官——曾告訴他的事情，以及先人竹簡留下的殘篇敘述。前任史官見過趙氏孤兒，不過確切地說是「遇到過」，像許多的史官一樣，他為了鍛鍊感受真相的能力而犧牲了自己的視覺。

●

魯成公八年時的某天，在魯國另一端的晉國，有好些貴族穿了漂亮的衣服，準備到某人的祖廟去，是要去看有個青年成人了，以後會當官成為他們的同事，於是帶了禮物先去打個照面。

他們循著沿途的路牌，坐著華麗的馬車一路往前，最後來到個鳥不生蛋的宅院，草長的要高過馬肚子了，使他們皺起眉頭，嘀咕著這到底是哪家破敗戶。好不容易進到建築裡了，只見骯髒的匾額懸著好大一個趙字，於是更加嘀咕起來了，趙家不是好多年前就被殺光了嗎，怎又突然蹦出了個成人？

大堂和外面一樣陰暗，透露著一股冷氣，現在可都還沒到冬天呢，但沒有外面那麼髒亂，想來是晉侯剛剛教人清掃的。大家整理了一下帽子，聊了一下天，談論收成怎樣令尊可好，等到聲音比較安靜下來，堂上的晉侯看約莫有人會聽他說話了，便清了清嗓子，說起他昨天晚上作的一個夢。

他夢到死了很久的宰相趙盾變成一隻鬼，在他面前跳呀跳，看起來比活著的時候還可怖，它一直跳著追逐晉侯，沿途還打壞了好些東西。晉侯醒來嚇出一身冷汗，心裡暗罵趙盾為了給孫子求官，連出來嚇人也不怕丟臉了，他感到事情的急迫，才趕快吩咐把趙盾的孫子趙武找來做成年禮。這時他才想起趙武是他妹子的兒子，趙家被滅門以後就和妹妹一起住到王宮裡的，至於成年禮要有個長輩替後輩戴帽子的儀式，反正那孩子的爸爸叔叔伯伯爺爺通通死光了，因此就由做舅舅的代勞。

當然後來晉侯喫了新麥以後還是掉進糞坑裡淹死了，不過這是後話，暫且不提。

眾人不禁開始想像那最後的趙家人會長得多像他的祖父，然而伸長脖子等了又等，怎也等不到趙武出來，倒是晉侯身邊站了個瘦弱的孩子，頭上還紮著總角，怎麼看也沒有二十歲，嘴邊連鬍渣也還沒冒出來，身量雖高倒像是營養不良，瘦損的只剩骨頭似的，眉目還清秀，但臉孔是一種發青的白色，看起來畏畏怯怯的。直到看到他身上穿的是典禮的黑上衣和紅裙，大家才確定那便是趙武了。

就在他們交頭接耳時，典禮已經開始了，旁邊的樂隊開始演奏上古的曲調，琴瑟鼓笙磬叮咚乒乓地響了起來，緩慢的令人想打瞌睡。孩子在晉侯跟前坐下，接著解開了自己的髮髻，動作倒還整齊。晉侯替趙武插上黑色的簪子，戴上緇布冠，講了祝詞。趙武答詞時大家才第一次聽到他的聲音，雖然他外表看似講不好話，實際上聲音微弱卻還算清晰，讓人想到四月時都城郊邊的小溪。

然後趙武進了內堂換了第二套禮服，讓晉侯替他換成第二組簪子和帽子，等到第三套也換完，晉侯依照趙武的排行替他取字為「孟」，眾人心頭一懍，覺得這名字很熟悉，才察覺到這字和他祖父的字一模一樣，也不知晉侯轉的是甚麼心思，或許是想這樣鬼就會滿意了吧。儀式終於結束了。趙武沒有父兄叔伯，倒是簡便，只要進後堂見母親就好了。只見他往後面的簾子一鑽，裡邊就傳來婦人的語聲，大家明白那便是晉侯的妹子，趙武的母親了，也都想起了她當年在丈夫病死後怎麼和人私通，又怎麼在姦情被揭姘頭被逐以後借助晉侯滅了夫家滿門，於是有人開始竊竊私語地說瞧趙武的眉眼，也不知是趙朔的種還是趙嬰齊的，但吵了很久也沒吵出個所以然來。

趙武再出來時又換了另一套黑色的禮服，他向晉侯與賓客們道謝，感謝大家能來參加他重要的日子，以及感謝晉侯不怕辛苦來幫他加冠，以後他一定會努力報答國家。旁人心裡一致判定這小子還成不了氣候，於是也客氣地向他道賀，高高興興地離去了。

送走賓客以後，趙武帶了些手禮，坐上馬車去拜訪那些沒來的高貴的卿大夫們。郤至、郤錡和郤犨見了他自然是很不自在的，但他們也沒法子，只得收下禮物，請趙武喝點小酒。他們從前領頭殺光趙家以後分到了好些田產，現在穿的十分體面，也為國家立下了不少功勞，人人都說他們懂得「禮」，是真正的君子人。他們很滿意地發現趙武並不像他的祖父那樣咄咄逼人，而是安靜地聽他們三個長者講話。

「如果你的能力比誰差，我可以把你安排在誰的官職後面。」郤至向他保證。「年輕人別太驕傲了，要多和我們老人學著點。」郤錡提醒趙武。趙武恭順地聽著，感謝了他們的教誨，便向他們告辭，前去拜訪下一家大夫。他離去以後他們的情緒還是很糟，郤至不情願地承認那小鬼生得倒還行，「不過氣色很壞，看起來和他爹一樣活不長。」郤錡這麼推測，他的兩個族人都表示贊同。

趙武繼續一間間地拜訪了欒書、中行偃、士燮等卿大夫，等他來到韓厥府上已經快傍晚了。年長的下軍將悄悄地拭掉眼角的淚花，笑著將趙武迎進來。「趙孟，」韓厥喚著他的字，像透過同一個名字呼喚許久以前的另一個趙孟，養育孤兒韓厥長大的宰相趙盾。然而很快地韓厥收起了笑意，嚴肅地告誡初入朝堂的年輕人。但隨即他的表情又再度柔和起來，握了握趙武的手，「一個人有了帽子，就像屋子有了屋頂，只需好好清掃，就不用再懼怕了……期勉你。」

當趙武回到趙家大宅時，天色已經暗了，偌大的宗廟都沒有人，空蕩蕩的只剩晉侯撥給他的幾個僕人，他的母親也已經回宮了，她並不情願來到這讓她充滿惡劣回憶的地方。趙武稍微收拾了一下，便到了附近的趙家大宅，他舉著火把走進去，黑暗中老房子看來陰森，火焰的影子在牆壁上不停跳動，以前的家具早就被欒書、三郤他們搬走不少，十幾年前的屍堆也都不在了，好在屋子看起來還算堅固，並沒有坍方或漏水。趙武伸出手指碰了一下牆壁，沾上了厚厚的灰塵，他想他得打掃一番才行。趙武舉著火在空曠的房子裡往前走著，睜大眼睛看著四周，他小時候曾在這裡生活過，更久以前則是他的父親、他的叔祖、祖父和曾祖父……

從許久以前，那些不存在的族人的期許就全壓到了他肩上，他不自覺地碰了碰紮在頭上緊綳的頭冠，意識到自己再不是孩子了。

●

左丘明撫摸著竹簡上的刻痕，透過觸覺企圖讀取自己方才寫下的文字。手中的刀筆顫了顫，他想起了自己失去光明的那一天，線煙裊裊地飄進他的眼裡，使視線逐漸模糊。他原本相信肉眼的失明能使心眼更為明亮，卻發現前方仍是歷史的重重迷霧。

二、司馬遷

司馬遷坐在桌案前振筆疾書，滿桌的竹簡幾乎要將他淹沒，那都是支撐他失去陽具身軀的全部東西。由於連續工作太久，他眼前一花，見到筆下〈趙世家〉部分的文字幻化成陌生的、無法辨識的符號，並幾乎張牙舞爪地朝他撲來。

●

晉國的都城是一道巨大纏繞的網，許多生物：八月的陽光、噠噠的馬蹄聲與來往的行人都被羅網其中，成為它的經線或緯線。城市的脈搏是強壯有力的，你隨手抽劍往地上一劃就會噴出嫩綠色的汁液，濺到石頭上立刻扎根發芽，開出盈滿女人體香的花。翼都的生命力是如此強韌，以致它也很多話，總是吐出無數的咒罵與灰煙，足以淹沒從山林裡來的孩子。

十五歲的趙武抓緊義父程嬰的手站在路中央，這是以往都藏匿在山中的他第一次見到其他活人，因此覺得很新鮮，就像只見過星星的蝙蝠乍然見到了陽光。事實上晉國的人們很喜歡星星，喜歡到連國家與城市都用星星命名，因此星星也格外眷顧這個國家，在星輝中孕育了鬥爭，讓他們互相殺戮，失敗者的屍體又肥沃了這片土地，長出了麥穗纍纍，晉國於是蓬勃生長，攀在古老中原的大地上，蔓延出無數的枝葉。

他十五年的童年充滿了樹葉婆娑聲，一次次煮食野菜與野兔，而義父總一遍一遍述說趙武的家族故事，說那是一個悠久的家族，誕生了宰相、弒君者與孤兒，注定要成就一番偉大的事業。趙武對故事裡的每個角色都耳熟能詳，他知道他的父親趙朔被砍掉頭顱以後身體依舊挺直地站著，母親當時是把自己藏在胯間才逃過搜捕，當然更多的故事是關於兇手屠岸賈……

趙武和程嬰並肩一直往前走，沿途歌聲繚繞，他仔細傾聽，發現那是許多死去的人在合唱一首歌曲，內容卻不是仇恨，而是描述翼都生產燒酒的景況，令他感到十分驚奇，他從不知道死者也會夢見這些事物，然而他的驚奇並沒有持續多久，因為他們的目的地宮殿已近在眼前。

當趙武睜大眼睛觀察宮殿梁上的花紋，一個女人尖叫地朝他撲來，雖然他們只相聚過三天的時間，他還是知道那就是他的母親，但她還沒碰到他就像樹一樣倒了下去，隨即醒過來以後她的笑聲與淚水是如此豐沛，令空氣碎成了碎片。趙武接受著陌生又熟悉的親人的擁抱，被眼前和自己相似的臉孔衝擊，不禁幻想父親與叔伯的臉孔會是甚麼模樣。

當程嬰通過晉侯集結好軍隊時，趙武經過這半天歷練，已經脫去天真的思想，長成了一個英挺沉穩的少年。他按照程嬰教導他的禮儀用正確的方式拿起劍，動作俐落，引起一陣掌聲，然後才坐上了程嬰做御者的馬車，帶領著五十乘晉軍在街道上奔馳。那把劍是銅鍛造的，上頭刻著避邪的銘文，在空中揮舞時會嗡嗡地吟唱，讓趙武很滿意。他在車上也試射了一下弓箭，箭簇卻迅速地奔馳而去，飛向未知的遠方，無從得知終點在何方。

屠岸賈的屋子是全國最華麗的，用了最多的玉石與星光，即使在黑暗中也能微微閃爍，大部分的基礎是從前從趙家搶來的。他是世間一切人性的化身，高碩而沉默，總是行動多於猶豫，也因此成功的剷除權臣趙氏一家。閒暇時他最喜歡將受害者的頭顱拿出來欣賞，像很久以後趙武的曾孫做的事一樣，可惜隨著他日漸年老，新的收藏品也越來越少，使他經常大發脾氣。屠岸賈聽見了士兵的嚷嚷，也穿了黃金鎖子甲，帶了家兵出來迎戰，但趙武的劍刺中他時，甲冑卻背棄了他，金屬發出不祥的撞擊聲，金子立刻凹陷到他的肉裡去，讓他痛得拋下武器。

「是你。」屠岸賈看著拿劍指著自己鼻子的少年，目光掃過趙家人一貫剛毅的眉骨。

「是我。」趙武說，「十五年來，五千餘個日夜，義父一遍遍地說著你的故事。」

「真是有心了。」屠岸賈瞄向程嬰——當年他告發趙氏孤兒領賞後就不見蹤影——但對方只是聳聳肩。

「我知道一切的一切，比你的記憶更加清晰。」趙武沉思著，「我看見你砍下了我父親的頭顱，還有趙括和趙嬰齊……但他們沒有抵抗，因為他們相信我會長大。我看見義父和公孫杵臼偷了別人的嬰兒，讓他和公孫杵臼一起代替我死去。我還看見我在義父照料下，在山中不知歲月地成長，然後我們出來了。」

遠處他的母親祈禱著趙氏祖先保佑趙武別哭，否則就會被從胯間搜出了；公孫杵臼慷慨激昂地護住用以被殺的嬰兒，最後如其所願地雙雙躺倒劍下；程嬰背著襁褓中的他往山裡走去……無數人的臉孔交織成一幅巨大的圖畫，嵌到了周遭所有聽著他講述的人們心中，激起些許波瀾。

「沒什麼好說的了。」罪魁禍首爽快地說道，隨即卻猶疑了一下，「但你也是將心比心，因此我一人做事一人當，取我一人性命就夠了。」

許多年後，當趙武想把這段記憶的碎片拾起，放到掌心仔細把玩，卻發現它們早已粉碎成蝴蝶，頃刻自掌中飛起，直撲天際。而仇人面前年輕的趙武一步步走向對方，依照自己和程嬰早已寫好的腳本，嘴角勾起一抹弧度，用銅劍貫穿了屠岸賈的身體，一面說道，「然後等待另一個我出現嗎？」趙武向身後兵士下令，「格殺勿論。」

趙武又想起了兒時的一個夢境，夢中的屠岸賈如程嬰所述青面獠牙，與自己進行角力。只要殺了他，一切的問題都迎刃而解，這也是人生最終的意義與答案，從幼時程嬰經常這麼告訴趙武。「那麼，但願你不會成為另一個我。」屠岸賈說著，那是他為孤兒衷心的祈禱，當然之後看來這祝語顯然是實現了，然後他的身體跌了下去，揚起了滿天塵土，遠方應景地傳來烏鴉啼叫。塵土消散以後，地上的屍體在眼前迅速腐爛，一棵麥苗從眼球上探出頭來，見證著一個家族的覆滅與另一個的重生。

●

司馬遷回過神來，發現屠岸賈的鮮血已順著筆尖流淌而下，噴灑在一片片竹簡上，將〈趙世家〉的篇幅染上了大片血漬。他打量著這嶄新的〈趙世家〉，看見了現實中不容存在的正義與公理。他的時代中不容存在的公理。

三、紀君祥

鑼鼓喧天聲中，戲子們在台上演著紀君祥寫的戲。紀君祥本人則坐在台下，口袋裡揣著一本《史記》，旁觀著台上的悲歡離合——他自己筆下的悲歡離合。

●

話休絮煩，卻說程嬰和程勃到屠岸賈府上，已有二十年光景。屠岸賈收程勃為義子，日日習武，好不疼愛。程勃已出落得一表人才，兼之白日與屠岸賈習武，夜裡與程嬰習文，更是文武兼備，甚有機謀。程嬰看在眼裡，便暗自將從前屈死的忠臣良將，繪製為一手卷，放在顯眼處，等那程勃見到。

果不出程嬰所料，這日程勃自屠岸賈那壁廂歸來，見了桌上手卷，便展開細細研讀，只見手卷繪的是一個紅衣人將紫衣人滿門屠戮，只餘一孩兒。程勃愈看愈心慌，待看到驚險處，不由得拍案而起，問道：「爹爹，這其中都是些什麼緣故？」

程嬰嘆道：「你聽著，這故事好長哩，待我細細說來。」

只一炷香時分，程嬰便將前因後果盡說與程勃知道：「那紫衣人喚作趙盾，原是當朝的丞相，三世事奉朝廷，端的是滿門忠良，因見不慣那紅衣匹夫奸滑，兩人做下了對頭。」

程勃道：「原來如此。」

程嬰道：「後面還有哩。那穿紅的好不狠心，使了什麼奸計，竟將趙盾一家三百餘口滿門殺絕，只餘一子趙朔因是駙馬，夫妻倆暫避宮中。怎耐那紅衣人假傳國君詔命，逼趙朔自盡，好在公主已身懷六甲，之後誕下一男兒，便是趙氏孤兒，官名喚作趙武。」

程勃愴然道：「好可憐人也！」

程嬰續道：「後面可還有哩。那紅衣人要殺那趙氏孤兒，幸有四方義士出手相援，韓厥將軍、公孫杵臼老宰輔，都先後為救孤兒而殞命。幸有草澤醫士程嬰——」

程勃問道：「爹爹，是你麼？」

程嬰道：「不是，那是另一個程嬰。卻說那程嬰用自己的孩兒，調包了趙氏孤兒，讓自己的孩兒，與那紅衣人摔死了也。」程嬰言至於此，憶起當日情景，憶及親生骨肉被屠岸賈捽成肉餅，不由潸然淚下。

程勃道：「爹爹，你怎的哭了？」

程嬰擦淚道：「無事。而後那趙氏孤兒卻認紅衣人認賊作父，渾然不知自己身世……」

程勃嘆道：「唉，怎會如此？」

程嬰聞言拍案而起，喝道：「只因那紅衣人便是屠岸賈，那程嬰便是我。你不是程勃，你，便是那趙氏孤兒！」

當下程勃——現下喚作趙武喫了一驚，半晌喊道：「原來我就是那趙氏孤兒！兀的氣殺我也！我認賊作父好不應該，屠岸賈殺盡我滿門忠良定要報仇！」

且不說趙武得知了身世，日後領兵將屠岸賈千刀萬剮，復了那血海深仇，還趙家清白。此是後話，暫且不提。

●

紀君祥坐在戲台下，愣愣地看著台上的戲子唱完自己的作品。台下響起稀稀落落的掌聲，緊接著人群逐漸散去。他看著戲子們換下戲服，開始清場，繁華落盡的戲台顯得異常寂寥。一抬頭，身邊卻是剛剛演趙氏孤兒的演員。「趙氏孤兒」臉上的粉墨尚未完全卸乾淨，彷佛感受到紀君祥的視線一般，衝著他展顏一笑。

得獎感言

沒想到這麼冷僻的題材也能得獎，謝謝評審老師。題外話，覺得唐諾先生用decency形容趙武真是傳神呀XD。

姚宗祺

大學生，喜歡文學、戲劇和歷史，然而最常做的事情卻是胡說八道和胡思亂想。期望自己能成為一個認真生活的人，以及有生之年能看到《左傳》的劇情片或紀錄片，另外還有明年文學營的報導文學組不會再遇到颱風！

小說類
佳作

紙箱人

陳奕安

一

點開通訊錄。

點開群組。

點開家人。

下鍵。

下鍵。

下鍵。

刪除。

確定。

高中的第一年剛過。這是個地球還沒完全被智慧型手機占領的時代，所以每一個動作都顯得緩慢又脆弱。

二

放學鐘響，一如往常地拿起早早利用上課時間收拾完畢的書包，和幾個同學在圍牆旁的公車亭玩鬧等車。高三，那是我最愛上學的時期，考試壓力甚麼的，交白卷就不必交代了。一切都很美好，只可惜總歸是要放學。

公車來了，小夥伴再好都無法跟著回家，至少這個時候的我們是如此。幸好今天不是星期五，再過十幾個小時又可以再見面了。

「掰囉~~」故作輕快地跳上公車，今日乘客量是出乎意料地少，挑了個單人座，坐下。玻璃漸漸被細長水線侵占，下雨了，還有點大。有點恍惚，直到陽光（或者說夕陽）透過不清晰的玻璃輕輕刺進車廂，雨痕漸乾，車窗外的景象浮現。好陌生……該不會坐過站了吧？我急忙起身向駕駛疾走，中間夾了個踉蹌，「不好意思，請問民權松江路口過了嗎？」司機瞥了一眼：「過了。」他的聲音扁扁的，聽不出任何情緒。正覺得有點尷尬，不知該如何是好，司機又說：「妳下一站再下。」是命令還是建議，實在不會分辨。我走回原位，坐立難安。

窗外的景色漸漸改變，顯然已經離開都市叢林。很美，卻帶來更多不安。覺得擔心，我又起身去問下一站還有多久？「很快就到了啦！」司機顯然已經失去耐心，只好乖乖坐下。環顧車上乘客，清一色鄉村風格的老爺爺、老奶奶，幾位甚至帶著大把蔬菜。我有個說起來不怎麼光彩的興趣，就是乘車時偷聽附近人的對話。可惜這五六位爺爺奶奶沒有交談，只是各自發著呆，或看風景。於是我也只好望向窗外。不望則已，這一望……天哪！遠方爬過來的龐然大物是甚麼？我抓緊窗緣，感覺到自己的心跳加速、瞳孔放大，是一條條五顏六色的巨大毛毛蟲！牠們身寬大約略寬於公車，身長則約等於兩部公車長度，每一節身體都是不同顏色，繽紛亮潔，有如過年時阿姨買的彩虹軟糖。

轉頭看看其他乘客，也許是因為我一臉驚恐吧，其中一位奶奶開口了，「第一次看到嗎？」我點點頭。「放心，牠們很溫馴的啦！」然後其他奶奶們不約而同笑了起來。聽起來，這是和牛羊豬一樣普通的農村生物，是我見識淺薄，太大驚小怪了。

不久，公車緩緩駛入貌似城鎮的地方，有點熟悉卻不是那麼肯定。下車後，那股熟悉的既視感越來越濃烈。好像應該鬆一口氣才對，但我辦不到。在我沒甚麼重點地讓腦袋空轉之同時，已不見公車。無法形容當我發現老舊簡陋的候車亭只有那班公車時，有多麼悔恨交加。這個城鎮以石板鋪地，我走著、張望著，但不見任何人跡。每一道門戶都看起來很高級，雙扇歐式大門，扇扇至少三米起跳，窗戶與嚴密拉緊的窗簾形式也都優美華貴，有些咄咄逼人。只有建築物的牆壁，是粗糙扭曲的灰水泥，但我沒有多餘的心思去想這種突兀的意義。

「無論如何，先找到人再說吧！」我這樣對自己說。街道間的光線被時間給偷竊，所幸家家戶戶慷慨提供窗燈。奇怪的是，循常理而言，我應該越走越惶恐，但隨著腳步，在漸濃的月色中，我找到愈來愈多熟悉感。這個城鎮很特別，像在山區，歐式中式房舍交錯，有條不紊地高低起伏，遠處的石子地像灰色的海浪。時而走進充滿糖炒栗子味兒的蜿蜒小胡同，灰色的石板會變換成紅磚瓦地（不過也有可能是我眼花了）；時而走進英倫風格的街區，樓房間搭建拱形連通橋，直覺有人從連通橋的小窗盯著我瞧，但那連通橋其實小得連侏儒都無法通過，應該僅僅是裝飾用。無意間晃入一個富有古典氣息的小庭園，裡頭的噴水池是倒立的，明天有物理課，可以問問老師如何才能辦到讓重力場顛倒。

一聲不知名動物鳴叫，使我轉頭一瞥，愣住，身邊的大門竟然長得和我住所處一模一樣！雖然除了門之外，建築物以及周遭環境都大不相同，我別無選擇，把手伸進墨綠色書包，掏出鑰匙去試試這個偶然。喀搭。門開了！雖然有點狐疑，但內部倒是沒甚麼可疑的地方。一如往常的搭電梯到五樓，進到室內，拖鞋、書桌、牙刷、抱枕、散落的換洗衣物皆堅守崗位。今天有點疲憊，該洗洗睡了。喔對了，走的路特別多，不能忘了做睡前抬腿操。撇除常夢些詭異的噩夢不談，其實我也是一個再平凡不過的女孩。

　　隔天被刺耳的門鈴吵醒，覺得這次鈴聲聽起來格外醜陋。我前去應門，隔著外門，看見樓梯間燈沒開。「早安。」天天負責送早餐來的爸爸說，語調確實是爸爸，但我就覺得不是。瞇起眼仔細看，門外的黑影明顯比我認知中的爸爸高。

「今天怎麼沒開燈啊？」

「停電了。」

伸手試試陽台燈，好吧，「爸爸」沒說謊。「爸爸」還在等待我開外門，我依然看不見五官。總感覺「爸爸」只是一團黑影，只是禮貌性地等著，實際上，他大可像煙霧般地穿過外門的根根鐵柱進來。僵持著，甚至不敢吐氣，我深知「爸爸」的耐性快要用完了，到時將一發不可收拾！飛快地思考一下：這裡是五樓我不可能跳下去，後陽台也沒有出口……眼下唯一的生路便是開門，以最快速度閃過「爸爸」，直衝下樓，別指望電梯，沒錯！連一眼都不能看！等會兒絕不能有半秒遲疑！

推開門，閃過（或者穿透？）「爸爸」，隻手拉緊樓梯扶手，一路飛跳到一樓。還來不及喘口氣，就明白「爸爸」會追來！可惜一出大門，並非我所熟悉的街道，十萬火急之中，把自己塞進一旁的店家中。當稍微回過神來，發現自己坐在沙發上。那是個擺設似乎是客廳的地方，但身邊坐的人們頭部……喔，我知道很難以想像，但他們男女老少的頭都是一台老式電視機！察覺每個電視螢幕中的人像瞪視著我，但他們仍自說自話。聽到「爸爸」的聲音了！自以為機智地拿個紙箱罩在頭上，但就啥都看不到了……我坐立難安，卻能感應到「爸爸」愈來愈接近……「不好意思，請問你們有看到一個女孩經過嗎？那是我女兒。」只聽見電視機中的演員依然自顧自地念著他們的台詞，「爸爸」佇足了片刻，仍等不到個回答便離開了，真是謝天謝地！

向電視機人們道謝（當然不會有人說「不客氣！」）。我決定照常去上學，繼續戴著紙箱在頭上，以策安全。

三

大學一年級，習慣無預警地回家。住宿舍很好，可以和任何人在外面閒晃到很晚，甚至做大夜班的工作。但，還是會想家，還是會想念能夠在彈簧床上安心入睡的那十幾年時光。

「妳是台北人，怎麼有宿舍啊？」好多人這樣問。

「我遷戶口啊！」我說。

「好好喔！」好個屁，我跟你換啊！

「哈哈哈妳好聰明、好賤喔！」賤的不是我好嗎？抱歉我不懂你的幽默。

總之，無論你們怎麼說，我都只能微笑以對。幸好，在大學裡遇見的每一個人，包括教授、同學、新朋友，都不是很在意別人真實的樣貌，所以沒有人會追問我為什麼要一直戴著紙箱。

四

「我回來了！」廚房裡有人，是媽媽，也許是正專心地切菜，沒有回應。我倚著門框望著她：「媽，我社團最近快成發（成果發表）了，好忙喔！比較難回來。」她走出廚房，擦肩而過，走進她的寢室裡。本以為是要去拿甚麼東西，盯著房門好一會兒，不見動靜，我只好自個兒去客廳看報紙了。

「喀搭。」大門突然開了！最弔詭的是……從門外走進來的竟然是媽媽！我驚駭莫名，久久無法言語。「欸，你怎麼回來啦？」媽媽有點驚訝，我更驚訝：「媽……你剛剛，不是在房間裡嗎？」「說甚麼呢？」媽媽的問號聽起來並不像真的想問，而是只想為這荒誕的事情打上句點。嗯，大概是我看錯了吧？沒錯，一定是我眼花了！後來每次回家都會撞見，那個聽不見我講話、沉默的「媽媽」。她通常都會在另一個媽媽回家之前，巧妙地消失在我的視線死角中。我漸漸地不再勇於跟「媽媽」開口，任何事，任何一個媽媽（這能算是轉移嗎？），好怕得到的是無聲的失落感。雖然原先就不常回家，最多也只停留半天，「媽媽」出現後，我開始若有似無地在降低時數。

終於有那麼一天晚上，全家人到齊，當「會說話的媽媽」坐在沙發上看電視時，我眼角餘光瞥見「沉默的媽媽」從主臥室緩緩走出來。二話不說，起身俯衝，一把握緊「沉默的媽媽」手臂，大喊：「媽！你看啊！」會說話的媽媽只是一個挑眉，目光仍繼續黏著螢幕。嘖，看來只好把沉默的媽媽拖到她跟前了。路徑不遠，卻特別吃力，「沉默的媽媽」似乎不太情願被拖行，雖然沒有任何掙扎，但不知怎麼的越來越沉重，我無暇去了解，只想盡快讓媽媽看到。好累，終於把她給拉過來了！「媽！你看看！」我又喊了一遍，這次帶著莫名的欣喜與成就感。媽媽皺著眉頭問：「你拿這個……是甚麼東西？」我疑惑地一個回頭，大吃一驚！手裡握的怎麼變成一團面目全非的焦屍了？望著一片血肉模糊、皮骨黑爛，它

（她？）還是動態的，正逐漸萎縮、崩解。我呆了，還來不及思考，一旁的爸爸開口了，以一種鄙夷的口吻：「別鬧了，快把那東西拿出去丟了吧！」

然後，我就這麼拖著「沉默的媽媽」去後陽台丟掉了。自己一個人，搬起來還真是吃力。紙箱裡的熱氣難以發散出去，好悶！

五

渾渾噩噩升上大學二年級。用不出色的學業表現，換來一筆這個年紀不該有的存款，和一個只會在喝醉才說愛我的男友。除了幾個對我抱持巨大憐憫的好友，一無所有。大部分的時候，我想自己是快樂的，快樂得不在乎明天。

回到家，樓下的大門沒鎖，常有的事。門鎖老了，不再自動上鎖。也好，省得大家按電鈴對講機，節能減碳。爬上五樓，家門沒鎖，這就有些不尋常了。也許是有人先聽到我的腳步聲，先把門給開了吧？

「我回來了！」無人回應，常有的事。

四處遊晃，沒看到人。家裡似乎格外整齊，連空氣都沉著乾淨，只是若有似無的陽光漂浮著。好像少了很多東西，家具擺設之類，但我一時無法想起。走到主臥室，一個直覺闖入：「有人！」然後，我在床上看到一個嬰兒。

是一個不太能用可愛來形容，而是，完美的嬰兒。她呈趴睡姿態，皮膚彷彿鋪蓋著一層淡淡粉粉的光，帶著隱約的乳香；臉孔純潔無瑕，纖長的睫毛輕柔微顫。我湊近嬰兒，好安靜，太安靜了！感覺不太對勁……天哪！她沒有呼吸！這是除了棺木中的祖父，我二十年來，第二次見到的遺體，而且這次沒有隔層玻璃！

快步走出房間，在太過空洞的客廳和飯廳之間來回踱步，不知道自己在焦慮甚麼。幾分鐘後，終於陷在沙發裡，拿出手機撥給媽媽爸爸妹妹。

「您撥的電話現在無法接聽，請稍後再撥……」

「嘟聲後將進入語音信箱……」

「您撥的電話忙線中，請稍後再撥……」這幾句話重複聽了好幾輪，很好，沒有一次給我打通。嗯，我的家人。

怯生生地走回主臥室，嬰兒依然在。我再度貼近，閉著眼睛祈禱這次有鼻息……可惜沒有。我開始猜想，她究竟是誰的孩子？為什麼死了？怎麼會死在這裡？而且，為什麼可以如此似曾相識？其實仔細端詳，她並不算頂標緻的嬰兒，沒有立體的眼球幅度，幾乎看不出鼻梁，肉體還略顯臃腫而非渾圓……只是一股安心的熟悉感，使我主觀上認為她是完美的。

於是我躺下，破天荒地沒去考慮洗個澡、換個衣服再入睡。

當再次睜開雙眼，已經是黃昏，整個主臥室充滿世界上最溫暖舒適的顏色。不知為何，我堅信不疑地確定已經好幾天過去了。推開窗戶，原先密密麻麻的公寓已消失，風雲湧起，堆疊成橘金色的天空之城，是我此生見過最美麗也最超現實的雲象。我小心翼翼地抱起沉睡的嬰兒，讓她以最舒適的姿勢躺在懷中，多希望她也能睜開雙眸，看看眼前的窗外勝景！哼著兒歌，慎重地輕撫她吹彈可破的小臉頰，「晚上可能會變冷，等等幫她去買件可愛的嬰兒服穿好了……」她會是世界上最好的女孩兒，即便缺乏了心跳或哭鬧的能力，她仍然值得最好的疼愛。

思緒突然轉到數週前，和同學去學生輔導中心申請個別諮商。

「你的憂鬱指數這麼高啊？」我驚呼。

「是啊……妳呢？滿低的耶！」她湊近，壓低聲音問：「所以說……妳從來不曾想過自殺囉？」

「其實活著對我而言沒甚麼要緊啦！只是如果有天我真的死掉了，能夠有一個人對我說：『妳太美好，而這個世界永遠配不上妳』，那我就死而無憾囉！」語畢，還附贈一個大大燦笑給同學。

現在望著懷中的孩子，忽然心中湧現千言萬語。她這麼乖巧聽話，為什麼她的爸爸媽媽不好好保護她？為什麼要讓她死掉？為什麼沒有資格快快樂樂地長大？但我甚麼都不能做，只能哽咽地告訴她：

「這個世界永遠……配不上妳的美好。」

然後我知道，自己會永遠、永遠、永遠在這裡陪伴、保護著她。因為擁有了彼此，可以一直待在這和煦寧靜的家裡，她再也不必經歷任何恐懼了，我也不會再害怕了！於是，拿下了這幾年來都罩在頭上的紙箱。

得獎感言

謝謝爸爸，知道我喜歡文學，特意從報紙上剪下文學營報名訊息。

謝謝媽媽，總是開開心心地給予我很多鼓勵和有點誇張的讚美。

謝謝屁屁，和祝福我的好朋友們。

最重要的是，謝謝印刻，以及所有老師，創造了一個好豐盛的文學營，讓我更加確定熱愛文學！

陳奕安

台師大心輔系的學生，未來也許會成為諮商師。
喜歡聽人說故事，但尚未學會讀心術。
專長是胡思亂想和作怪夢。
最大的興趣是看書、吃、塗鴉、散步還有作夢。

小說類

佳作

初老記

陸子寬

洗澡的時候第一次發現自己胖了。

租屋處其實又小又擠，房租不怎便宜，也不包含水電，但是看房子的時候不知怎地，特別中意這大大的、可以照幾乎全身的化妝鏡。除了帶床伴回家時要她們好好看看鏡中的自己以何種姿勢熱切地索求她們的身體以外，偶爾也會在出門前站到前頭，確定今天的穿搭沒太大問題，像今天這樣全身赤裸地站在鏡前，還是第一次。

我望向鏡中：常被誤認為高中生的臉孔幾年來變化不大，脖子一如既往還是很多痘痘（青春期還沒過吶！），往下的胸部貧脊依舊，腹部本該有輕淺的溝紋，兩橫一豎地劃出淡淡地六塊肌，但它們如同暴漲的溪水漫過後消失的河濱公園的自行車道，此時一團和氣地上演大和解的戲碼。

「我才工作兩個月啊！」我心底不禁吶喊。不死心地拿出床底下通常用來嘲笑朋友的體重計，上頭老實不客氣地指著六十三。意味著自己在穿上西裝的六十天內變胖了四公斤；而整年坐在位子上的高三，也不過從五十五變成五十七罷了。不過兩個月的現實生活，就足以把尚稱青春的二十四歲肉體變形成這副模樣？

不只是我，肥胖趁著空隙爬上每個人的臉與肚子，文明病厲害之處，或許正在於它鮮少致命。大學時常與朋友念書的空檔中，饒富興味地研究歲月於彼此身上揮加的筆觸。拜偉大的藍色臉書帝國恩賜，只消在大頭貼上點一下，然後往左滑出最舊的那張照片，飽受現實摧殘與稚嫩純真的落差立刻顯露無遺。當事者誇滿臉猶如隱私遭侵犯的無奈總使深夜的系館浮躍出陣陣歡騰。尤以某個大一堪稱金童的朋友G為甚，他總半放棄地承受指控，任由我們戳弄他那附上層層肥油的肚子。

回想起來，最熱衷於那遊戲的非我莫屬，當哥兒們開始哀嘆體力衰退體重上升者云云，我總得倖免於難地大肆嘲笑，而被冠以「老屁孩」的稱號。某種程度上那也是事實——我總被路上無論街訪記者、小吃店老闆娘，甚至在路邊攔下我的警察誤認為高中生，並且從不需忌口、放肆地任由自己一天四餐。

在系上，我固定參加棒球與足球隊，比賽來的時候也客串插花手球。看似孱弱的我一直以速度見長：無論那是在反快攻中迅速帶球推進的側翼、分奔追逐過頂飛球的中外野，還是手球場上由守轉攻的箭頭。從入學直到畢業，我發現自己的傳球、擊球飛行距離越來越遠，成功地將青春期的成長期拉長，並透過大量的訓練如此的巔峰狀態得以延續。

直到體重狠狠貫破六十的現在。

看著鏡中的自己，發覺自己未曾這麼明顯地體會「老」這件事情。儘管眼見朋友們一一淪陷，我業已開始為那天的蒞臨倒數：挖好一個洞，靜靜地躺在那裡，如已知末日將近的大象一樣。巔峰過後，我也許還背負後半生的責任活著；字典裡沒有「衰退」的我卻已經死了，唯有如此，青春才得以永保其神聖。

我迫切地希望與人同我擔這份難以啟齒的共同經驗，一如十四、十五歲的年紀一群人窸窸窣窣地分享昨晚誰也跟上「五個打一個」的潮流，正式名列Grown Men的一員。穿上內褲，我首先打給G，他很有哥兒們義氣地在電話那頭混著滿嘴雞排的口音跟我說：「幹！很好啊。最好你們全世界都來陪我一起九十五公斤。」好友E在下一通電話裡表示：「要釣馬子重點不是你多胖還是多瘦，而是你的嘴究竟有多甜！」（你完全搞錯重點吧？）好友E說只能仰賴更加暴力且劇烈的訓練解決，講完不好意思地搔搔頭：「前提是你要像我一樣待在五點半下班的外商，而且出了名的喜歡重訓啦。」我像隻全球僅存的孤單鯨魚，徒留頻率五十二赫茲的心聲在洋底等待回音，澡也沒心情洗，悶悶地抽了兩根菸後睡去。

男性們已全數宣告犧牲，正式跨過峰頂坦然地向中年男子狀態前進。我並非特意數落中年男子不是，他們通常事業有成、愛家、經濟穩定，且不如我們如幼獸般偏愛躁動，但我總從這些人習慣的安穩中提早嗅到一股死亡的氣息。生命進入停滯的狀態，彷彿過飽和溶液般再也容不下任何新知，只不斷地在家與工作崗位中往復，並藉文化工業大量製造的商品，塞滿片段間的空白，此外再不流動。我近距離觀察同屋簷下的老爸，眼見他看著政論節目大罵××黨時，也忠貞不移地繼續把選票投給他們，整整二十年，這使我堅信還會有另一個二十年，甚至再一個——如果他活得夠久的話。你能想像四十年不換水地泡在同一個澡缸之中嗎？光是想到那汙濁，都令我不寒而慄。

這無比地讓我懷疑打從人自校園的保護中掙脫（是的，亟欲褪去那毋寧是種保護的外皮）伊始，生命便開始停止流動，成為一灘死水：求學階段，你甚至可以什麼都不做，就在每個九月分的來臨自動替年級數加個一；同學間一張張的面孔——無論熟識與否，都在生命中擦肩而過；生理與精神上的能力與日俱增，漸漸地你開始有力量挑戰這個綑綁你的體制，終至突破一切限制，像是昆蟲鑽碰蛹殼般如獲新生。等等，但你不過是隻蛾，財富在哪發亮，便撲向哪的蛾。

這景象在冬天尤其明顯，想像你的眼是一台架在早上八點多的、捷運站出口處的攝影機，將會看到一個又一個彼此挨著如浪花般起伏的身影鋪滿整片商業區的人行道。東北季風吹鼓已然擁腫、鬆垮的靈魂外所裝飾的西裝夾克，外套兩襟如蛾翅般隨著氣壓變化拍動。那畫面喚起你對小學自然課養蠶寶寶的記憶：一整箱剛破繭而出的蠶蛾們股勁振翅，然翅膀拍的再快，依舊哪兒也去不了。

其中一隻特別肥的，像是我甫退伍某次求職的面試官——某間公司的總經理，襯著背後落地窗從六十層樓看出去的景觀，整個人塞在舒適的誇張的黑皮扶手椅，腿上擱著我嘔心瀝血（才唬爛成）的自傳，如豆的目光艱困地從肥厚的臉頰中擠出，隔著桌子朝對面正襟危坐的我輕蔑地挑了句：「××大學的，說說你哪裡比較了不起？」

我清楚記得那問句裡傳達的惡意。它悠悠地循著腦海來到十多年前國小母校最偏僻的殘障廁所。體型壯碩的隔壁班同學領著四五個小他一號的跟班們將我圍在牆角，字句猶從鼻孔噴出：「×××喜歡你，他媽的很了不起嘛！」並痛揍矮他們一顆頭的我，待我從地上爬起來後，得先洗乾淨滿嘴滿鼻的血，揉一揉頭部的腫塊，還得偷偷摸摸地繞過學務處，若無其事地回到班上——多年後當時坐在後頭的同學，告訴我後腦杓某個傷口依舊緩緩地淌出鮮血。

這些年來，我未曾間斷地複習，生活中毫無遮攔表現的惡意、回憶那些粗礪刮蝕後帶砂的傷口、模擬話語所嚙咬的刺痛。透過文字的書寫與閱讀，使得借用他人的智慧與經驗將其包覆為美麗的珍珠，期許自己能藉由認知疼痛的傷害，反向地成為攜帶著火炬照亮他者的存在。這信念卻在意識到現實如何（藉由體重）玩弄自己後，輕易地退縮、脆化為猶如蘇打餅般的薄弱：此時雙手捧著的善念是否如也湮沒在生活的瑣碎之下？曾為死者哭泣不已的羅伯斯比，也在維護信念的戰鬥中終化身成酷嗜斷頭台的魔王；作為一個註定帶給世間傷殘的腳色，他們會與我一樣，情願自己不存在嗎？

過後幾天，我竟日掙扎於這樣的泥淖中，甚至出現不小心在簡報前才發現記錯投影片的慘狀（這在講求專業的業界中實屬彌天大罪），主管震怒逼迫我休掉整週的假。當中的好幾個下午，我幾乎拿起了電話撥給主管，想跟他談談離開的事，直到下樓開信箱時，被躺在裡面那疊加總起來幾乎可以覆蓋我所有存款餘額的帳單嚇醒為止。生活與其構成的瑣碎就是張緻密而黏膩的網，一旦身陷其中，便只能等待狩獵者的玩弄、終至榨乾的過程。

我唯一能做的便是克服惰性，在下班後到河堤跑個幾公里，體重又回到了五十九公斤，但在那場夢囈結束後，我再也感覺不到年輕。

得獎感言

工作人員打來通知獲獎時，剛下班的我一時竟想不起這件事情，花了好幾秒撥開生活繁複記憶後，兩個月前在淡大三天兩宿參加文學營的記憶才再次浮現。猶記是夜，整間房四個人都咖搭咖搭的敲著鍵盤，趕在早晨十一點的交件死線前拚命狂奔。

隔天晚上，四人開始笑談昨晚他寢都笑聲震天，獨有我們不合群地拚命耕耘。原本相敬如賓的人們，靠著文學打開話題，像是在伸手不見五指的陰暗裡，確認有這麼一群同類的存在。畢竟眾聲喧譁的世界裡，我們偶爾顯得不合時宜。

感謝那晚美好的對談、還有這份獎的肯定，讓我能更義無反顧地繼續書寫，作為對懾人美感的致敬，還有自我已逝青春的追尋。

願我們不在繁複生活中，丟失追逐理想的動力。

陸子寬

路寬。苦悶上班族同時也是長不大的小屁孩，常因被誤認為高中生而暗自竊喜，只有在現實排山倒海襲來時才被迫成長。喜歡棒球，小動物，長途旅行，希望來日能貢獻些許力量予社會。部落格：「地球旋轉於我們的針尖之上」。

〔評審意見〕

時代反面的個人

駱以軍

〈暴民新聞〉寫的是一個「失落記」。這個失落的底色可能正是這幾年台灣社會，許多人被捲進的激亢、怒氣、焦慮、理想的火苗被燻黑玻璃罩罩住的虛實不確定感。很大的一個「事件絞碎機」，可能正是每天噴灑腎上腺素的第一線媒體工作者：記者、攝影。這篇小說抓住了幾個這樣在「占領立法院」現場的「新聞製造者」，但混進了這些人物，個人生命史的陰鬱和疲憊。他們也是和廣場抗爭的年輕人，同樣感到剝奪感，或個人的自尊和基本信仰被沉陷於泥濘，但因之更素描著這「後台」的，類似《儒林外史》（小規模的），餬一口飯因而陷在難以剝開釐清的煩鬱蜘網。被搶走的前女友；放棄工作而投入運動的攝影師；雜誌社裡犬儒、已退回一百年前魯迅筆下冷漠、愚騃的新聞界老前輩……。這些視角的移換，使得這篇小說在極短的篇幅，構建出一個煙花炸亮、殞滅的悲哀和自嘲，可惜篇幅略短，其實可以經營出一像張愛玲〈傾城之戀〉那樣，瑟縮發抖、作著鬼臉的「時代反面的個人」。

〈趙氏孤兒們〉是這次文學營小說獎作品中，基本功扎實、令人豔異，將《趙氏孤兒》之史料及紀君祥之劇作，作一節一節現代電影鏡頭的重新切換，還原至古代場景的朝儀、暗藏許久以前的滅族血案、關於被「換取的孩子」的重組光影、氛圍、記憶斷片的文字皆極美。屠岸賈、程嬰、公孫杵臼、趙武……這些已近乎希臘悲劇人物之內在被命運曲拗的人物，皆立體複面，共同擊奏著「復仇」這件事的哲學反思。我和陳雪在極大的掙扎中，在〈暴民新聞〉和〈趙氏孤兒們〉之間，只能選一篇首獎。

〈紙箱人〉是一篇非常有趣、充滿創作靈光的作品。奇幻的將一個「家庭劇場」：家中的爸爸、媽媽，和這個「我」，似乎活在一個可以互相穿透的透明膜，或是像已死去的靈魂殘影，仍像博物館的擺設機械人物，坐在沒開燈的客廳等候「我」回家，或是看電視。這一家人似乎稀薄的活進了電視中的戲劇裡，或街道上只是一單薄黑影的鬼魅。一種「愛被剝離後」的真空、失重描寫。結局的紙箱拿下，也非常動人。

〈初老記〉則寫一種「肥胖」的身體哀歌，這個身體，像黑膠唱盤上的音軌，回放著一個中年人由身體而收藏「離開青春後」，總總細微記下的人的惡意、羞辱、傷害。在敘事腔調、小說奇想的發動與輻射，算是完成度較高的一篇。

〔評審意見〕

現代劇場的張力

陳雪

〈暴民新聞〉從標題即可感到作者企圖貼近當下的台灣現狀，構築出一段時間內的事件，諸多人物被捲入，與各自背後的景深。小說的語調、其塑造的各個人物都像是我們身邊、或就是我們自己所感所見，一整個時代的氛圍（焦躁、憤怒、徬徨、胸中堵著正要發出的力，一出口就潰散），雖然篇幅略短，卻出現許多動人的亮點（書寫疲憊、哀傷、虛無或困惑）。

〈趙氏孤兒們〉無論是文字、小說技巧、基本功都是此次參賽作品中最成熟的，如鏡頭般穩穩一個一個掃過人物、場景、發生種種，使讀者看見其人形臉貌，讀到內心的話語，看似書寫歷史事件與人物，卻有著現代劇場的張力。

〈紙箱人〉令人想起童話版的安部公房，或尚未完熟的村上春樹。靜靜掃看著周邊一切的紙箱人，目睹時光依然度過、屋內卻變動甚少，誰也挽救不了誰的困境。結局寫得很美。

〈初老記〉生動描繪出早衰與初老，文字與敘述間都帶有肉體性質，彷彿被身體的重量、氣味、質地刮出一道一道痕跡，記錄著時光種種，尷尬、屈辱、困窘，而年輕不再。昨日已遠。

散文類

首獎

夜語

葉珊珊

「念完這個故事就該睡囉！」我掐住棉被的兩角滾向你，像一條以厚皮包裹得隆重的毛毛蟲，你微笑視我、彎身撫摸如臨可愛的小動物，然後回過頭從床邊書架上隨心抽選出一本繪本，腰身傾壓著枕頭斜臥，書頁便這麼地自你口中鋪展開來，我就安心地閉眼跟隨你的語調、走出幽明的道路再向前迂迴，我喜歡孑然地置身於未知的廣袤；有時猝不及防被你搖醒，興奮地指認畫面中的驚奇，我仔細笑納以便等會兒翻個身在夢裡繼續按圖索驥。

幼年的故事是仙女們前來祝賀的期許，但夜路走多了難免疑神疑鬼是風雲變色後巫婆捎來的咒語，我仍舊依隨你的音頻行走，卻開始容易在相似的岔路逗轉、乾淨的康莊大道上迷途，周遭景物整齊得令人陌生心驚，我仰頭看你，沉重的身軀點晃得像倦怠的鐘擺般規律，傾斜的故事情節跳針在定格的那頁遲遲沒有後續。我學習妥善收拾成長的片段時刻，寧靜地在牆壁上貼綴螢光貼紙、關閉電源，但總是不忍心在黑暗中佐月光看你，我畏懼窺見憔悴滄桑的面容，一如我常驚駭於黎明定時自動廣播的ＩＣＲＴ：在獨醒的清晨蜷縮住身子緊盯那個會發出不明聲響的角落，初次聽聞時簡直快嚇哭了，膽怯於想像中的奇異野獸，堅信牠就張牙舞爪的在那個放置音響的角落，在我記憶深處的角落。於是，那些未知的隱晦的課題，來不及由你領我入門探索，全都不由自請地接踵而至。

升上中學的暑假，才終於搬離你的寢居而擁有專屬的臥室，已經距離仰賴你念故事入眠的時期更久更遠了，年紀與生活日常的獨立將睡眠形塑成抽象的概念，入境的篩選門檻可能鮮少顧慮及精神狀態，卻可以是千萬種「緊急與重要」的理由。在無論誰先熄燈的午夜，當心情流轉到特定刻痕之時，我能夠聽見你試圖走進的步履停歇在我閉鎖的房門前，面對著整片木質門板的莊嚴壯闊禮貌性地佇足，小心翼翼地朝門縫交接處輕聲問候以Robert Munsch繪本《永遠愛你》的經典台詞：「我永遠愛你，我永遠疼你，在媽媽的心裡，你是我永遠的寶貝！」我往往貪婪自恃地獨享這樣無私無盡且濃厚的愛，默不作聲地回報以青春期的淡漠，幼稚地猜想你會因此而增添一丁點的徘徊與等待；畢竟是晦澀的夜裡，一切細膩只得由往門上方的霧面窗玻璃窺探。

我們可曾極度懷想起那段無憂無慮、像在天堂般有精力貫徹重要大小事的時光？沒有工務課業的煩擾、情緒化與疲憊過勞的打亂步調，我們愉悅地躺上床，並非抱持「總算熬過今天」的僥倖心理，而是清楚知道迎面而來的幸福睡前小劇場，興奮地替它揭幕。《永遠愛你》在我幼兒園時期進駐生命裡後便未曾離席過，你溫柔的告白使它安穩茁壯，孩提的我總愛淘氣地改編每一晚的句末：在媽媽的心裡我可以是「一百個棒的好娃娃」、「世界上最最最可愛的小孩」、「全宇宙永遠都吃不飽的好餓好餓的毛毛蟲」……，只因為在你的心裡「我是永遠的寶貝」。然而童年是蜜糖吹得鼓脹的氣球，沒來得及將它的吹口綁牢，不留心鬆手就亂竄消逝在悠悠天地間，徒留晚風偶然拂來舊時香香甜甜的滋味——「媽媽辛苦您了！」在某個你下班回家的傍晚，童稚的我燦爛推門迎接；這是繪本《小美一個人看家》教我的事。

倚木紋欄杆蹲坐樓梯口等待的時日仍無限蔓延，我還是孤身守護偌大空房的掌門人，玄關頂的白熾燈泡像一枚劇場頂燈，慎重灑降明暗矛盾和雜沓絮語，於是踱步、哼唱、呢喃、閱讀、書寫、半夢半醒的昏睡，直到一陣器械的低鳴駛近，我要全身通過電流的猛然除卻紛擾心智，率性走向你——我永遠的寶貝。

得獎感言

文章雛形在六月的指考衝刺班孕育，書寫緬懷的當下即意謂過往時日的消逝與不可得，然而很感謝我的父母；或許無力鞏固童話堡壘，但幸好我們相愛。

有股捲土重來之感。去年在維菁老師班上，寫了篇無法稱作散文的小品，而今年結業式從老師手中接過入圍獎狀，獲得認可的情緒激昂。謝謝您！謝謝評審們！

還有，頭頂上明滅的星子，最重要的你們。輕聲地訴說，會不會傳出去？願風能遞送絮語、吹拂爽颯氣息。

葉珊珊

目前就讀南藝大藝史系一年級。永遠留不長的短髮，好穿童裝，享受獨處，喜歡魚、白開水和凌晨三點的空氣，愛哭、容易感動，擅長傻笑、妄想世界能因此變得溫柔美好，信仰風，希望能永遠像孩子無畏無懼。

散文類

佳作

張瀞心

我所看見的胡志明風景

闖入極狹窄的巷弄，是在台灣做不太到的事情。一開始對於「狹窄」的定義，頂多是一台汽車的寬度，再稍微寬一點點，容許單向行使；在越南則不然。

對於周遭生活環境還相當不熟悉之時，我騎著腳踏車，莽撞地想來個探索之旅。不出五分鐘，我立刻迷路。循著自以為是的方向前進，用著台灣的棋盤式道路法則思考，結果騎進了只有機車和腳踏車能夠進入的極狹窄小巷。

那是一個尋常的胡志明市午後。天氣悶熱，婆婆媽媽穿著上下都相同印花、質地輕薄的越式家居服，孩子們在一旁嬉鬧尖叫，她們則坐在塑膠靠背椅上閒聊；孩子們發出的單音叫聲，並不打斷有著六種聲調的對話。

遠處傳來車流交錯時，必然出現的嗶嗶喇叭聲響。我知道主要道路就在這附近，也許再騎一陣子就會抵達我有印象的道路，執意繼續往裡頭騎，誰知道巷弄寬度突然緊縮、前方還出現死路。僅兩步之遙，我就能夠進入其中一棟民宅的客廳了。婆婆媽媽們的話題並沒有停歇，只是用眼角餘光掃過一個不會越文、額頭上掛著滿滿汗珠的陌生女子，眼神透露著些許好奇。

我臉上一陣熱，趕緊循著原路，狼狽逃出狹窄巷弄交錯的迷宮。喘氣、努力踩著踏板，聽著此起彼落的機車喇叭聲，找尋到主要幹道，匯入朝著宿舍方向前去的車流，被群車簇擁，順車流而行，頓時安心不少。溫熱的風迎著我來，溫撫著我的臉頰，拂去尷尬的冷汗，卻沒抹去鮮活於腦海中，那幅巷弄內的越南日常生活光景。

胡志明市負載著眾多人口，將近一千三百萬。越南的法令規定、再加上為爭取生活空間，舉目所見的建築型態，大多屬狹長型：正面看似狹窄，走進內部，宛如植物順應地形生長的特性般，空間向後與向上延展。晴天散步於胡志明市街道，建築的外觀色彩，在南越澄澈的太陽光照耀之下，自成一格，極富個性：雪白牆壁刺眼，頂頭橘紅屋頂搶眼，紫色、藍色、蒂芬妮綠等特殊色彩，偶爾綻放在灰樸大樓的某一面，另一面平塗水泥的灰，連帶被其他色彩帶動，竟也顯得鮮活。一棟又一棟狹長型建築，如生長在熱帶叢林、高低參差不齊的花與木，緊密連綿，相互依偎；而大小巷弄就隱藏在建築群間。胡志明市濕熱的天氣，總讓我想像小巷弄的存在，是覆蓋在熱帶叢林枝葉底下，隱匿其中的細小河流；也是連結驚喜的媒介，深入探索，必有發現熱帶叢林內的珍稀物種般，耳目一新的收穫。

尋訪隱身於巷弄內的小店面，不知何時成為旅居越南期間的樂趣。位於巷弄自然是首要條件；再來，外觀必須樸素；其貌不揚的民宅、老公寓，必定帶來驚喜。

最理想的是，用Google map也無法精確定位的處所，只能循著越文地址抵達附近，拼湊出僅有的越文單字，加上上揚的尾音，向一旁悠哉悠哉的路人表示我的疑問。通常熱心的越南人會指點迷津，只不過會是一長串的咒語文。偶爾會因抓出關鍵字而雀躍不已，無法理解時，只好秀出地址，回歸最原始的肢體動作，比一比、指一指，用身體演戲，盡量呈現，你想去的地方。尋找過程的困難程度，左右著發現店面當下的心情，若相當有挑戰性，會如同解開謎題般豁然開朗，增添豐實的滿足感，我因而樂此不疲。

五月至十一月，是胡志明市「表定」的雨季。此時也會逐漸感受到，天空翻臉跟翻書一樣快：晨起之時，大地仍溫暖、明亮；正午，颳起大風，不知打哪來的灰色雲朵，團團將太陽圍住，光線變得黯淡。居住在胡志明市的時日漸長，便知道要懂得看天公臉色，盡快躲避，午後即將有暴雨來襲。

一次假日中午，狂風將我掃進巷內老公寓咖啡廳內，頭髮無不凌亂，狼狽入室。

第一次找到這家咖啡廳前，在巷內繞來繞去，一一清點各家門牌號碼，噢，原來躲在老公寓內。地址寫著二樓，滿心歡喜爬上二樓，卻只是一般住家。回想在越南搭電梯的經驗，裡頭的樓層按鈕畫面提醒了我：越南的一樓其實是台灣的二樓，一樓通常寫著「G」，由此判斷，這家咖啡廳應該在三樓，砰砰砰爬上三樓，這才找著。

選擇接近中午的時段來訪，已經不知道是第幾次了。咖啡廳內沒有供餐，用餐時段客人會逐漸離去，空出許多好位子，環境變得更加靜謐，讓我很自在，也得意這是身為熟客才知道的祕密。這裡大部分的客人，包含我在內，都是趨光性，窗邊座位一直都很搶手，這時段才有可能空出。我坐定後，看見窗外有個女孩點菸，坐在陽台座位區沉思。

陽台座位區其實挺有意思的：平行而看，正對大馬路旁高聳且枝葉濃密的路樹，眼前一片綠。咖啡館位置不高，向下俯瞰，觀覽人行道上絡繹不絕的路人。時而來自東方、時而來自西方，語言卻沒這麼簡單，細分更多種類，叨叨絮絮混雜在空氣中，飄向坐在陽台的耳朵裡。底下是充滿生活實感的人間，抬頭又能夠仰望寧靜遙遠的天國，陽台浮在半空中、成為兩個世界的分隔線。

女孩身後的深綠樹葉，被狂風吹到難得露出顏色較淺的那一面，香菸燒出的白煙也被吹得狂舞，但她仍拈著菸，征征地望著某處出神。

開始了。

雨一滴、一滴，重重地掉了下來。

接著，如斷線珍珠，雨珠連綿不絕從天滾滾而下。風尚未止歇，狂暴地將雨滴刮向大地任何一處。女孩受到波及，趕緊將菸捻熄，用連接室內與陽台的門，關起外頭一片狂嘯怒吼。

暴雨讓咖啡店的顧客數目停止增長。包含我和那位女孩在內，還有其他三位客人，一共五人。我們癱懶在西方來的家具上：沙發、混搭鐵材的木質方桌與椅子。而店內東方味的深色大木桌、木圓凳，則占據另一角落。淡綠、深紅、白色色塊組成的一方地磚，拼貼後，綻放成一朵又一朵，數也數不盡的整齊花朵，強烈的越式風格遍地叢生。

我對於越南豐富的文化根基來源，只略知其一，既受到中華文化影響，也因為殖民統治的歷史背景，融合些許西方的元素，加入越南本地特質後，演變為展現在我眼前的獨特混血風格。咖啡館內的室內裝潢，恰恰代表了越南這般東西中越、風情萬種的姿態。

細微如蚊子叫的爵士樂流瀉其中。外頭狂風暴雨聲，在爵士樂行進之時干擾。我窩在舒適的沙發椅，在這低矮、二十多坪的窄小店面裡，感到安全。公寓老雖老，但它仍然矗立，以鋼筋打造而成的瘦削骨架，堅毅抵擋外頭的天氣。

一個多小時過去，風逐漸止歇，雨點不再飄搖。灰撲撲的雲朵順著雨水，流瀉到大地，天空清了，大地也洗淨了。

一對外國客人望向咖啡廳內的另一扇窗，用英語興奮地嘰嘰喳喳。

我轉頭，想順著他們的目光，看清楚他們在看些甚麼。

「鴿子。」

店員對上我的目光，用勉強擠出的日文單字告訴我。

隔開咖啡廳與隔壁棟的狹窄巷弄，與我第一次誤闖的小巷差不多寬窄，外國客人身後的那一扇窗，正對著隔壁老公寓的牆面，若打開窗戶，似乎就能夠觸摸到。

隔壁棟牆面的破裂之處，鑽出四隻鴿子。黑得發亮的頭頸，隨著角度變換，光線的照耀下，閃著漂亮的深紫色，只有一隻是白色基底，帶點黑色斑點。三黑一白的四顆小腦袋，上下左右轉動，似乎也在窺探天氣，與彼此交換訊息。牆面上破裂的兩個小洞，露出一點點乾草，想必是牠們竭盡所能保護著的巢，說不定裡頭還有新生命呢！

雨似乎停了。其中一隻黑頭鴿子，率先振翅離去。

我結了帳，踏出老公寓。與老公寓相連的各個民宅，屋頂尚在排水。涓涓細流從各個角落流出，好似園藝造景內的人工小瀑布，可見剛剛雨量之豐沛。跳過地面上一灘一灘的水窪，小心閃避從外頭進入巷子的行人（三個人肩並肩，竟然就可以堵滿巷子），以及在這窄巷內賣涼水的越式露天咖啡座。幾張低矮不鏽鋼小桌子、塑膠靠背椅，沿著巷內，排到接近巷口。兩個男人攪動滿滿冰塊的咖啡，南國雨後，涼上加涼的清脆聲響。

嗶！

叭！

走出巷外，耳內的音量開關突然被解除，轟然灌進汽機車喇叭聲，行人笑鬧聲。

夾帶溼氣的微風吹來，有些黏膩，卻同時夾帶著討人喜愛的清涼感受。我深深呼、吸，舒張蜷縮在老公寓咖啡廳裡一個多小時的筋骨，感受著自然現象平靜的流轉、感受著人群流動的歡鬧。

這些都是這座城市的血與骨，也是靈魂。

天空中只剩下亮白色，陰鬱的灰，已緩緩離開，失去蹤影。

得獎感言

回想起剛開始，告知周遭要到越南工作，他們驚訝的神情：「那是甚麼地方？」、「感覺很落後……」

實際走訪後，越南的確有落後的地區，但市區精華地段的發展，卻也以驚人的發展速度急起直追。

自身特殊的身分：在台灣成長、在越南工作，我總想做點甚麼，來推翻掉大部分台灣人印象中的越南，因而起了書寫的念頭。

帶給我感動的畫面、人、事、物相當多，但寫作時間倉促。匆匆完成這篇文章，脈絡看來仍是有些紊亂。感謝評審給了佳作，也希望類似的書寫內容能讓台灣人更加關注這個世界的每個角落，而不僅僅將眼光侷限於這座小島之內。

張瀞心

一九九〇年高雄出生，出社會後在越南工作。
生活似乎離不開熱帶地區，恰好解救容易手腳冰冷的體質。
工作與自身的愛好全無關聯，藝文活動待天黑之後才進行。
但仍將工作視為寫作的養分。
期許自己能夠不受任何框架束縛，以開闊的心，看待世界。

母親的綠豆湯

散文類
佳作

紀昕伶

喝著冰涼的綠豆湯，心裡卻泛起一股暖意。深夜十二點，我像隻飢餓的豹，在黑暗中踩著貓的步伐，悄悄溜進廚房尋找獵物。打開冰箱，嘴角勾起一抹滿足的微笑，果然母親的愛依舊清醒的在那，靜靜的等待著我的晚安，在那一碗冰冰涼涼的綠豆湯裡。

我的母親是個相當特別的人，她既沒有別人母親的溫婉嫻淑，也沒有家中長輩般的嚴謹肅穆，與其說她是我的母親，但更多時候她更像是我的朋友，我總是叫她「秀秀」，如出一轍的個性及極度相似的長相使我們比一般的母女更加貼近。少了長幼尊卑的莊重，她輕易的打進了我的世界，她樂於參與我的交友圈，我也樂於與她分享我的喜、怒、哀、樂，直到國三那年。

國三那年，升學主義成功地把我推上了斷頭台，我被壓力籠罩，成天受困於書本堆砌的牢籠。每天一早，靠著微存的意志力離開被窩，拖著沉甸甸的書包，走進毫無生氣的書香世界。我在英文單字中清醒，在數學習題中午餐，在拗口文言裡消夜，在化學程式間入睡，日復一日，在無限繁衍的考卷叢林裡打滾。原先精彩繽紛的生活一下子失去了光彩，習慣上揚的嘴角也被沉甸甸的壓力無情的抹平了，我不再是那笑臉迎人的可人兒，而是一個脾氣陰晴不定的討厭鬼。

我開始毫無理由的對家人發脾氣。在學校，即使心情是潮濕的梅雨，卻依舊必須堆垛起虛偽的晴朗，以便維持那亦敵亦友的友情，然而在最親近的家人面前，連最後一絲的偽裝都失了力氣，我將所有的壓抑毫無保留的發洩在家中。我丟書、摔盤子、耍叛逆，我像條發了瘋的狗，任何一點小事都能令我抓狂。父親對我多半是容忍，他相當重視我的成績，因此當我的成績逐漸上升至全校前幾名時，他的心喜讓他可以完全忽略我脫序的行為，但母親卻無法忍受。母親是個脾氣直來直往的人，她對於我的失控完全無法容忍，於是家中成了戰場，我與母親的唇槍舌彈兇猛得令旁人招架不住，在無數次爭執下，我與母親逐漸疏遠，我們不再徹夜談心，每天回家我便將自己關在房中，醞釀著隨時會輕易爆發的火山。

那天夜裡，火山似乎爆發得特別頻繁，熔岩四射，隨手拿起課本便往牆上丟去，「蹦！蹦！蹦！蹦……」發洩完，看著滿目瘡痍的混亂，煩躁的關上燈躺在床上。然而心中的怒火卻戰勝了我的睡意，豁然推開棉被起身，心想也許吃點東西會好睡些。當我打開冰箱，映入眼簾的竟是一鍋冰涼透心的綠豆湯。

隨手拿起湯匙，舀了一口，那股沁涼毫不猶豫的覆蓋了那無止境的煩躁，火山寧靜了，我的心也平靜了。熬煮軟爛的綠豆與糖水宛如天造地設的一對，一口、兩口，好久不見的笑容悄悄爬上了臉龐，我貪婪舀著綠豆湯，享受著難得的欣喜。終於，當最後一口綠豆湯下了肚，心中的波濤洶湧早已靜如止水，原先紊亂的思緒也回到了正軌。滿足的回到房中，那一夜，我帶著笑容一覺到天亮。隔天一早，我帶著滿臉的笑容跟母親道了好久不曾說的早安，看著母親略為驚喜的面龐，我在出門前笑笑的喊：「媽，今天也要煮綠豆湯喔！」

當時那碗混濁冰涼的綠豆湯清澈了我紊亂的思緒，也替我與母親間的冷淡加了溫。靜靜的喝完母親的綠豆湯，滿足的躺回床上，睡夢間只有一個念頭：「明天記得再叫媽熬一碗綠豆湯……」

得獎感言

不是第一次文章獲獎，但卻是最感動的一次，因為這是第一次，我為母親寫文章。正值叛逆期的我時常為了小事與母親爭執，有時明知自己理虧卻拉不下臉來與母親道歉，特別是國三那年。面臨升學壓力的我每天都在對母親大小聲，然而即使我態度惡劣，彼此爭執頻繁，母親卻依舊未減少對我的關心，雖然不再與我談天說笑，總是冷冷的，卻又在一些小地方悄悄的表達對我的愛。母親知道我胃口不好又怕熱，總會隨時在冰箱備上一鍋冰涼順口的綠豆湯，深怕我餓著了。說不出口的感謝只能化為串串字句，我想告訴我的母親：媽，謝謝你，你是我的小幸運。

紀昕伶

暱稱西伶，平時喜歡閱讀，寫作及彈吉他，特別欣賞劉墉的作品。目前就讀市立大同高中二年級，在校擔任校級幹部典禮組及沐榕吉他社教學。希望未來能繼續用文字記錄下每一瞬間的感動。

香・非香・非常香

散文類
佳作

孫秉森

一九九八年三月，我在某佛教刊物發表一篇〈香的名相〉，除了詮釋僧家對食廚號稱「香積」的典故之外，同時，也揭櫫佛教所謂戒香、定香、慧香、解脫香、解脫知見香等等不勝枚舉的詞彙，無不引用修行為「其德足以昭其馨香」的寓意。

事隔不久，適巧兒子接自朱銘美術館所託，書寫植物解說，將為那片遍生十一甲地上的千百株花花草草譜系，追根溯源。我基於探究事務的興趣，也隨之湊上一腳，參與搜尋各種花草的從前，體認了花與香本是同根生，只是花先天擁有光鮮亮麗的容顏，而香僅能默默地從裡傳遞絲絲芬芳氣息，如被垂愛，儼然促成他人之美，退居末座，實踐老二哲學！

是的，一般泛稱香，大都指「由鼻根所嗅的芬芳氣味」。無論從動物、植物、礦物裡採集的自然香，或者是從化學中提煉的人造、合成香料，在人類心目中，香深具美好的、浪漫的、高貴的、恭敬的、神聖的等等象徵意義，以及崇高價值。因此，古今中外有關香的傳承，幾乎不分宗教、文化、民族、國家。

然而，我走入「香」的領域，人已屆半百，似乎起步稍晚。況且我業餘從事，無法下放田野，難能親赴現場拈花惹草，品嘗箇中香味！於是，朝向坊間藉重書籍以為解惑，但不外闡述花草樹果本身的香，儘管汗牛充棟，卻感覺欠缺深入人文精神層面，以致不能滿足我的求知欲。

因此，我再回歸到古代文獻史料中蒐集，諸如晉的《南方草木狀》，唐的《本草拾遺》之外，宋的《本草衍義》、《離騷草木疏》，正逢那時期學者輩出，更有沈立及洪芻的《香譜》，葉廷珪的《名香譜》，陳敬的《新纂香譜》等香的專書陸續出籠，如雨後春筍。

直到周嘉胄的《香乘》問世，堪稱最完備的一部香典。這部成書於明朝萬曆四十六年間（西元一六一八年），經過一百六十三年之後（正值西元一七八一年），還獲清朝乾隆官方再度編纂，收錄於欽定《四庫全書》裡，可見《香乘》頗有舉足輕重的分量。

當我研讀《香乘》第十卷之「飲食香」時，突有一則標題「香鹽」映入眼簾，記述著：「天竺有水其名恆源，一號新陶水，特甘香，下有石鹽狀如石英，白如水精，味過香，鹵萬國畢仰」，其文註明引自《南州異物志》。對此令我很好奇！因為，鹽之來源，通常出自海、池、井、礦，未曾有河水？不禁質疑，這條河流到底位於現今何處？

也許我是佛教徒，受過經典《成實論》薰陶直指：「無謂過去、未來，兔角、龜毛、蛇足、鹽香、風色等，是名無」，何以有香鹽？究竟什麼因緣產生？不勝迷惑！

原來《南州異物志》是記載南洋及印度洋間的奇珍異物，而現今星馬泰緬，錫蘭印尼菲律賓，澳洲婆羅洲等地，自漢魏六朝就已直往泉州、廣州交流互市，由於人種、語言、服飾、生活習俗不同，被稱之為蕃。只知作者萬震生於孫吳年代，約西元二二二至二八〇年間，其他不詳。

記載當時諸蕃事物者，較為世人熟悉的，有趙汝适的《諸蕃志》、東方朔的《海內十洲記》。而爾後楊孚的《交州異物志》，較侷限越南、高棉之境內，遠不及萬震《南州異物志》來得廣納。

如眾所知，天竺是印度之古稱，《後漢書‧西域傳》亦稱「身毒」，嗣後《晉書》、《新唐書》、《宋史》均照沿用。至於恆源，新陶水在現今哪裡？我面臨瓶頸，歷經相當時日仍無突破心中之謎！

所幸皇天不負苦心人，有天前往國家圖書館，僥倖發現一本《南州異物志輯稿》，真是天上掉下來的禮物！急忙填單商借，不料沒多久，館內兩位人員跑出來想見我，初以為發生什麼問題？原來這本是「沉睡」多年的冷書，我還是首位「光顧」之客，雙方不禁失笑！

《南州異物志輯稿》是香港中文大學退休教授陳直夫校釋，於一九八七年欣逢九十華誕付梓出版，完成最大心願。我由衷折服年事已高的陳教授，為治學仍孜孜不倦致力，因為《南州異物志》年代久遠，史料早就散佚，支離破碎，能廣搜拼湊整理，旁徵博引，逐一考證，委實浩大工程，其精神與用心，永遠為後學典範，不得不嘆為觀止！

終於我在《南州異物志輯稿》之「天竺國」篇拜讀陳教授的註解，知道恆源就是恆河，位南亞洲，發源於喜馬拉雅山南坡，流經印度及孟加拉國，再注入孟加拉灣，全長二千七百公里，印度人稱為聖河。

而新陶水，就是印度河，是南亞的大河，發源於西藏岡底斯山，上游為獅泉河和葛爾河，流經克什米爾，巴基斯坦，注入阿拉伯海，全長三千一百八十公里。

陳教授在輯稿中，考證九種香，計有鬱金香、青木香、甲香、霍香、雞舌香、沉香、流黃香、零陵香、雀頭香等，唯獨沒有鹽香，儘管如此，我並不失望，反而體悟世間萬有事物，原繫於外在物質的「色」，及內在精神的「心」，相激交錯，只要人內心活動永不靜止，所產生的差別作用也勢必瞬息萬變。

鹽是集水、酸、鹼、光等的混合物，經蒸發後再取特定凝固的結晶品。不僅供調味，也製造胃酸液幫助人體消化，並助血漿製造物質以補充維持生命。其用途之廣泛，與重要性，豈能區區以味覺好惡而取捨？

香，宛如抓不住的雲煙，世上究竟有否香鹽？我就不再執著！

得獎感言

寫作，是我鍾愛一生，卻尚未迎門正娶的戀人。雖然維繫五十年，但總是若即若離，不能卿卿我我在一起。直到最近卸下現實生活擔子，我們才重燃舊情。歲月不饒人，往事只能回味。記得一九六五年出版《本省籍作家作品選集》時，我還是那一百六十八位中排行最嫩的「小鮮肉」，正值年少輕狂，不經世事！曾幾何時，轉眼白髮蒼蒼、彎腰駝背、老態畢露，驚覺人生如此短暫，怎能再虛耗，對依戀不捨的志趣不付諸行動呢？

於是，我排除年齡障礙，毅然投入這次文學營，而且突破「心防」，參加生平第一次的徵文。感謝各位評審老師給我莫大的鼓舞，這分殊榮無疑地，為我日後再接再厲的創作埋下伏筆！真的，人生七十才開始！

孫秉森

一九四七年生於台南市，定居新北市。現退而不休，除受邀參與戲劇、廣告演出之外，餘暇深入研讀「香」，希望從香的造字、詩詞、成語及諺語中發掘人文精神生活，更期許有生之年集結出版，以實踐「惟德馨香」。

〔評審意見〕

再多一點鋪陳

劉克襄

首獎〈夜語〉：小女生長大，離開家了。變成少女時，過去的事更有一種奇妙具體，好像幼苗長大，開始結出花苞。少女開始有些生命的疑惑和成長的困頓，但緬懷更多。小時跟媽媽相處的時光，如滿潮全面漲上來。她最懷念的可能是聆聽。媽媽的繪本故事不論發展如何，結尾總有一種甜美。一種再怎麼悲傷，自己都會是最佳女主角那樣的幸福，把故事化約為生命的美好記憶。作者把這種思念和感懷，以剔透玲瓏的文筆，婉約而輕盈地展現。

佳作〈我所看見的胡志明風景〉：我喜歡開始騎單車鑽進巷弄的描述，充滿異國風味的探險和捉住一個城市況味的非凡筆調。這種城市書寫是成功的，至少別出心裁。文中有一個承轉，較為挑戰。突然以一天喝咖啡作為案例，因為暴雨被迫滯留在一間咖啡店。作者進而以此經驗想要捉住一些胡志明這個城市的什麼，這個企圖並非很成功，但也留下一個，或許再多一點鋪陳會更好的契機。期待作者還有進一步的作品。

〔評審意見〕

更進一步挖掘

李維菁

佳作〈母親的綠豆湯〉：這篇的文字能力好，優美清晰，談升學中的壓力、家庭中的互動，情感的轉變呈現得生動且令人感同身受。

本來母女親如朋友，卻在面臨升學壓力後發生變化，那樣的爭執與相對是相當好的題材，作者也誠懇得自剖。並以綠豆湯這以降火功用的甜點，串起母女之間的感情，作為母女關係和解、自我安頓的象徵，頗為可喜。

若能夠更進一步挖掘這關係之中的轉變、從壓力到能夠暫時自我安頓的變化過程，也許會更加深刻。

佳作〈香．非香．非常香〉：這篇的題材頗為特殊，作者談自己在研究香氣的過程中，讀到古籍中產於天竺「鹽香」一物，並試圖更進一步理解它是何物以及是否真的存在的過程。

作者相當用心地研讀資料，細訴追尋的痕跡。只是，所引據的資料雖然有趣，但這些引據的鋪陳以及關聯性，對於呈現這個故事未必能得到最適當的平衡。而最後找到鹽香出處可能性，卻快速地結束不求甚解，相較於前面大部分的資料引述，不免可惜粗略。

新詩類

首獎

李牧耘

我媽媽去西班牙

爺爺忙著
把自己火葬
沒有去成西班牙
我媽媽只好搭上飛機
去看西班牙的人
如何生活
如何火葬

我媽媽去西班牙
估計會待半個月
我坐在捷運上看廣告
看旅行社怎麼安慰她
她和爺爺兩人

待在屋頂看太陽
太陽會流淚，會陪伴她
太陽到了晚上十點才落下
那些夜裡人們開始安眠
使睡夢變成一片
淺藍色的火星
閃爍地
閃爍著

我獨自在家
澆澆小花，餵餵小魚
靠近魚缸
和魚說話

我說，喂
酒紅色的
不要和凍綠色的搶食
小魚灰溜溜地溜走了
過兩禮拜後
花枯了兩株
魚死了三隻

我媽媽說
爺爺留在西班牙了
我說騙人吧
爺爺老早沒了
她說她用爺爺

和西班牙人交換
一些杏仁
一些乳酪
一些無花果

傍晚
我跟我媽媽
吃掉了半包無花果
我沒告訴她魚死的事
也沒告訴她花枯的事
我爺爺人在西班牙
照片裡笑得
特別年輕

得獎感言

雖然我絕少寫詩，也自認並非一塊寫詩的料子，但或許評審細讀它時發現到一些「我沒看出來的什麼」，那我是該欣慰的。在我那個二十來歲遊手好閒、百無聊賴的夏天，我爺爺確實被火化多年了，我媽媽確實去了西班牙兩禮拜，我確實在家澆花餵魚。我相信，不寫詩的自己在寫詩時，是內心有個丫頭勁、姑娘氣的什麼跑出來教我寫這首詩的。

李牧耘

一九九一年盛夏生，二十歲後開始認真寫作，才發現為時已晚。
曾獲青年超新星文學獎、金車現代詩網路徵文獎、中央大學金筆獎。

新詩類

佳作

蕭宇翔

老盆栽

其一

以為我已生根
靜躺一片死白土壤
習慣定時的翻土澆水
沒有一點綠意下
任何信仰不得萌芽
大半輩子乾涸的葉緣
難得凝出鹹澀的露珠
一滴

其二

猶記
我稚白的手
把你端進盆栽
如今卻已
灰白
斑駁

澆水
是越發的懶了
老了
你我是慢慢蒼白了

你何時要走呢？
或許是下一刻
走了吧
那時你的眼神
就不會再泛光著

其三

從舞伴
變成老伴
何時能再跳一支舞？
我說　恐怕

可是你的眼神說
別怕

我看過你的茂盛
受不了看著你的凋落
你倔強的枯幹
卻何時不再挺直了？

其四

牆上的鐘不停轉著
無法計算四季之變換

時間和眼前
是越發的模糊了

捽成破瓦爛泥
或連根拔起
我都無法閃避
只能風雨中
頹靡搖曳
配合演一齣盆栽
自憐自艾的戲

得獎感言

首先要感謝我的父母，感謝他們不反對我的寫作之路，亦不對我以中文系為目標而對我施以勸阻。每次參賽的結果都會與他們分享，他們也都與我同悲共樂，我覺得這是很可貴的。再來要感謝我的恩師，同時也是我高中的國文老師——林秀潔老師。若沒有她的指教，對於「詩」的體悟和掌握，我可能還要再摸索不少時光。

在文學營的第一堂課開始之前，我們新詩組的導師，楊澤老師，問了大家一個問題——你認為詩是什麼？每當我在思考這個問題時，我就會回想我創作的初衷，我寫過些什麼？當我回想過一遍，我永遠會說，詩可以是任何東西。可能有人會問，這個答案不會太單薄嗎？我會答：單薄又如何，這就是我心目中最喜愛的詩啊！

蕭宇翔

一九九九年生於桃園龜山。目前就讀於桃園市立壽山高級中學的二年一班。憑藉著成為小說家的初衷開始寫作，卻一步步陷進了詩的深淵。可能因為本來身為小說寫手的慣性，所以對於詩，很喜歡寫角色的深情獨白（俗稱內心戲）。總是想一手寫小說，一手寫詩，一手寫散文（後來發現根本沒生這麼多手），所以還在尋找自己最精準的定位。

新詩類

佳作

標註距離

茜草

如果可以遇見你，

在等待南下火車進站的冷清月台，
我反覆踱著腳，交錯黃色警戒線的兩端。
標註兩個月台，
你的側臉刻印成記憶中的雕像，
倒數啟動前一次不經意張望，
僅交會一眼，
北上列車的速度，已經模糊你的視線。

如果可以遇見你，
在總是下著雨的那條長街道。
門前剛好有一盞路燈彎身，
隱隱看見，

你在微笑寒暄後轉身，
一貫憂鬱的眼神，望這座微雨的城。
眉皺，
才回神撐起那把許久不開的傘，快步離去。
在最後一班車已經駛離的對街，
我捂著半臉，
圍巾裡的熱氣始終未曾散去。

如果可以遇見你，
在時間禁入的神祕登山口，
行囊就帶上跳動的心臟，
赤腳隨你走過森林深處那條湍急河流，
一直到抵達群星所在的黑夜。

鄰肩而坐，你說。
在懸崖邊的柔軟草原上，我靜默地搖著雙腳數拍。
終於，
你躡手打開那本斑駁的故事書，
在印著歲月刻度的月光線索下，
細數細數，
我不經意走過的，你走的路。

得獎感言

以文學營學員的身分獲得獎項的支持，對開始領會文學美好的我來說，是帶著溫度的鼓勵。溫度來自於，營隊每堂課的老師都散射出對寫作的熱情執著，用自身經驗傳遞想法與方法讓學員思考真實的作家之路，所以不論參賽作品優劣或得獎與否，都覺得是個開始，也許有人開始用心寫作，也許有人開始用心看小說，甚至有人開始重新尋找興趣的路，很榮幸我的開始能被看見，儘管帶著自己不太能分析的壓力與依舊無法置信的興奮心情，這些都是美好的經歷，特別是總幻想著，默契十足的導師們在評選作品的過程，會產生怎樣的精采火花？最後，感謝默默為文學付出的每一個人！

茜草

多年草本生是命定，在靠近地面的高度隨處可長，緩慢卻持續地用不顯眼的倒鉤攀附到他處，沒有固定居所。

喜愛寫作猶如茜草根，中藥學用來化瘀止血，去了根，就繼續前進，若幸運被另作染劑使用，也能留下染著絳紅色的美麗佩巾。

無懼的

新詩類

佳作

邱泰瑋

重新掩上落地窗，除了
反覆收看氣象預報
關於一隻孔雀魚從左側
游到情緒的邊緣
你還能做什麼？
時間在玻璃上輕輕啄了一下

假如書都還是新的
木板保持安靜
窗外盆栽的影子彷彿
新植的憂鬱
讓下午慢慢生長，變長
探入夢裡

於是你知道風雨要來了
尚未收起的衣服鼓脹起來
第一朵雲在眼角翻湧
慌亂地尋找遙控器
而新聞仍痴情守著
誰的晚餐誰出席

索性出門
字稿散落一地
吹風機還是燙的
你只撐一把傘
讓烏雲知情
一些閃電
譬如我們
正飄向曠野

得獎感言

很榮幸獲獎，這給了十足的勇氣繼續精進我的詩藝。如果說詩是用來召喚讀者的共鳴，那麼〈無懼的〉就是用來召喚所有遲疑的人內心想擺脫猶豫的渴望，屆時一切都是暗示。感謝在我生命中所有支持我繼續創作的人，謝謝你們相信我，如同我相信詩一樣。

邱泰瑋

一九九六年生，桃園平鎮人。畢業於國立中央大學附屬中壢高級中學，現就讀國立清華大學物理系。曾獲台積電青年學生文學獎。相信自己的力量，正視生命種種的不可抗。不是達爾文的信徒，就是求籤的人。

〔評審意見〕

黑色無厘頭妙詩

楊澤

〈我媽媽去西班牙〉是首妙詩。

前三行「爺爺忙著／把自己火葬／沒有去成西班牙」，有種冷冷的，裝冷耍酷的口吻，馬上令人想起卡繆《異鄉人》無比冷肅的開頭：媽媽死了……只是卡繆風的語法，簡潔電報體，死亡及死亡帶來的荒謬感，在這裡卻很快被轉化成，某種突梯滑稽的錯亂或哈哈鏡效果。

上世紀五〇、六〇年代，存在主義在文壇蔚為風尚，詩人洛夫埋頭寫出〈石室之死亡〉，他曾說：現代人攬鏡自照，見到的不是現代人的影像，而是現代人殘酷的命運，寫詩即是對付這殘酷命運的一種報復。

偉哉斯言！但二〇一五年的今天，年輕詩人李牧耘面對死亡，並無意直面「現代人殘酷的命運」，他選擇以蝴蝶迷蹤步上場，時而旁敲側擊，時而快速出拳，以便對「死亡的永恆暴政」有所反擊。

因為爺爺死了，原先準備帶他去西班牙作最後旅行的媽媽，只好一個人動身：「去看西班牙的人／如何生活／如何火葬」。而小孩我（或敘述者我）只能坐在捷運上，看旅行社廣告，一面想像媽媽和爺爺，在西班牙城市的屋頂上看太陽——看那，配合西班牙人 siesta 午休習慣，到了十點才落下的太陽，看那西班牙太陽入夜會流淚……

詩人李牧耘既以黑色筆觸撩撥，調侃死亡與命運，也以半童話，半無厘頭風格，嘲弄悲傷。媽媽不在的兩禮拜下來，花枯魚死，敘述者我過得百無聊賴，所幸媽媽及時從西班牙回來，且用爺爺和西班牙人交換了伴手禮：「一些杏仁／一些乳酪／一些無花果」。

最後，敘述者我跟媽媽很快吃掉半包無花果，他還沒來得及告知媽媽，花枯魚死的事，卻在下一秒發現，爺爺在（過往拍的）西班牙照片裡笑得特別燦爛，特別年輕。

這是一記漂亮回馬槍，一舉翻轉了生死與真假。原來爺爺去過西班牙——那杏仁乳酪無花果，太陽入夜才下山的歡樂國度。原來，爺爺不單人留在西班牙，也留在永恆裡了。

〔評審意見〕

佳句紛呈

沈花末

佳作三篇。〈老盆栽〉的作者在這一組四首詩中，以簡潔的語言，平穩的意象寫出人生的無奈。「你何時要走呢？／或許是下一刻／走了吧」。作者用年輕的筆觸，思考大半輩子的時光，成熟而老練。

〈標註距離〉一詩，作者冷靜的敘述一段「感情」，以「南下」和「北上」兩列火車比喻二者之間其實並無交集。這是很清楚貼切的意象，同時具有圖像感。寫得最好的是第三段：「終於，／你躡手打開那本斑駁的故事書，／在印著歲月刻度的月光線索下，／細數細數，／我不經意走過的，你走的路。」

〈無懼的〉一詩，作者用素樸而簡約的文字，書寫日常的情緒。雖是日常，但用「風雨」和「雲」作為意象，使得詩情濃厚，引人興趣。佳句是：「窗外盆栽的影子彷彿／新植的憂鬱／讓下午慢慢生長，變長／探入夢裡」。

暴民新聞
二〇一五全國台灣文學營創作獎得獎作品集

作　　者　李牧耘　姚宗祺　陳奕安　陸子寬　葉珊珊　張瀞心
　　　　　紀昕伶　孫秉森　蕭宇翔　茜　草　邱泰瑋
總 編 輯　初安民
責任編輯　尹蓓芳
美術編輯　黃昶憲　林麗華　陳淑美
校　　對　尹蓓芳

發 行 人　張書銘
出　　版　INK 印刻文學生活雜誌出版有限公司
　　　　　新北市中和區建一路 249 號 8 樓
　　　　　電話：02-22281626
　　　　　傳眞：02-22281598
　　　　　e-mail：ink.book@msa.hinet.net
網　　址　舒讀網 http：//www.sudu.cc

法律顧問　巨鼎博達法律事務所
　　　　　施竣中律師
總 代 理　成陽出版股份有限公司
　　　　　電話：03-3589000（代表號）
　　　　　傳眞：03-3556521
郵政劃撥　19000691 成陽出版股份有限公司
印　　刷　海王印刷事業股份有限公司

港澳總經銷　泛華發行代理有限公司
地　　址　香港新界將軍澳工業邨駿昌街 7 號 2 樓
電　　話　(852) 2798 2220
傳　　眞　(852) 2796 5471
網　　址　www.gccd.com.hk

出版日期　2015 年 11 月　初版
ISBN　978-986-387-067-8

定　價　199 元

國家圖書館出版品預行編目資料

暴民新聞
二〇一五全國台灣文學營創作獎得獎作品集
/ 李牧耘 等著；--初版，--新北市：INK印刻文學，
2015.11　面；　公分
ISBN 978-986-387-067-8（平裝）
863.3　　104022136